JN244118

句集
雑草流句心

詩集
足の眼

石村柳三

コールサック社

句集　雑草流句心・詩集　足の眼

目次

Ⅰ　句集　雑草流句心

Ⅱ　詩集　足の眼

1　大根腕になろうとも

2　いのちの風光

3　當身の大事

4　心のレンズ

句集　雑草流句心・詩集　足の眼

石村柳三

Ⅰ

句集　雑草流句心

桜を見つめての思念句

雨あがり夕日のひかり桜さし

すでに五分雨にも敗けずさくら顔

やわぐ風さゆうにゆらし夕桜

病む人の気持はかりて桜咲き

さくらたち命咲かせて美の謳歌

ひともまた桜のごとき美学もて

散る美学生きる美学も足の眼に

足の眼の残像ふかく消えぬ影

術後（じゅつご）の見上げるさくら生き生きと

ここち良きそよ風すうと花びらに

〈平成二十六年四月五日　ジェイコー千葉病院（旧千葉社会保険病院）にて〉

〈雑句〉秋を吐く

夜長よし天地うるおす虫もよし

虫よ啼けひとときの間(ま)に秋を吐き

秋うたえ虫のいのちの計らいを

長い夜の虫楽師たちあちこちに

あちこちで啼くだけないて生きよ虫

秋の風そっと知らせる里まつり

〈横手市の評論家川越良明氏に〉
名産や稲庭（いなにわ）うどん喉（のど）にあり

秋の天おちつき澄ます空気よし

孤をさそうこころの底に秋ぞあり

目に夕日沈まぬ涅槃（ねはん）うんでおり

しあわせの浄土色に眼を閉じて

感応(かんのう)の茜色にて溶けし身の
じっとみる木ノ葉の夕日溶解(とけ)てゆく
心顔、の染み入る夕日わが祈り

「秋分の風」　五十句

〈平成十五年秋分の日湛山翁の眠る谷中善性寺にて〉

湛山(たんざん)の墓に入りしや秋分(あき)の風

妻をつれ湛山の墓詣でけり

花ふたつ秋の彼岸に似合うなり

秋晴れの卒塔婆ひむや言(げん)の聲

秋晴れの天に垂直言の人

風雪に耐える言論とおとしや

言説や墓の中から涌(わ)きいでて

わが心耳(しんじ)湛山翁の墓前(はか)に聴く

鴉さえみつめて聞くや言の謐(ひつ)

生きるとは足跡のこす音の人

〈善性寺向かいの由緒ある団子屋に入りて〉

寺の前二羽重団子ぶらさがり

寺詣で団子詣のうれしさや

彼岸の日やだんごの美味（びみ）もかねており

湛山も墓にて喰うや美味団子

だんごの名寺の名よりも知れており

〈平成十五年巣鴨地蔵尊にて〉

とげ地蔵老いたる人のはつらつさ

老パワー地蔵通りに華ざかり

彼岸日やパレードのような地蔵みち

濡れ地蔵きょうも活（い）きていやしつつ

玉葱（たまねぎ）の漬物つまみつい買って

わが夫婦つけもののつまみ円（まる）の味

老いてなお地蔵とかたる幸福（しあわせ）や

〈二〇〇三年妻と池上本門寺のお会式にて〉

万灯（まんどう）の振る手や足の日蓮忌

日蓮の魂つきぬお会式や

万灯のゆれる明りや池上の

万灯に満場の手たたえつつ

日蓮の命のいぶき万の灯に

日蓮の存在しめすお会式や

時空（とき）を越えひびくやまんどう目や耳に

お会式や日蓮さまは甦(よみがえ)り

ご命日つきぬ題目夜半(よわ)をこへ

万灯のゆれる明りやごめいにち

日蓮の末法(まっぽう)の灯(ひ)やまんどうえ

〈平成十三年冬千葉市の大雪を見て〉

天の雪街路(みち)をおおてサクサクと

白虫や天より舞いて凍る美を

凛とたつ寒さの息のここちよさ

ふる雪に有漏（うろ）のなみだを溶かしけり

もうもうと謐なる雪や白き神

濁り都市（まち）マヒする雪に浄められ

夕日食（は）む白きビル街ねはん色

サクサクと雪の足音われを孤に

雪の謐あさ日のなかに神となり

ふる雪や都会のもろさおかしけり

白い魔のおおう力に都市狂い

〈出自の津軽を幻想しての雪について〉

吹雪く音（ね）に黙した日々の子供の眼

われの孤の凍るこころや血のなかに

地吹雪の聲さえ殺す児ども道

ふる雪や見上げるまなこ児に還(かえ)り

幻想(げんそう)目(め)つがるの里の七つ雪

ふる雪や無心の美(は)しさ墓にみせ

雑草流句心

せまくとも清楚に咲くか白牡丹

牡丹座しソフトな笑みに吸いこまれ

山吹の在野の精神（こころ）ひらく美や

野薊（のあざみ）や孤高のふかさ秘めて咲き

薊ひむ刺の愁いや春によし

緋木瓜（あかぼけ）の枝にきりりとおのれみせ

木瓜（ぼけ）の花ボケとののしる声ちがえ

〈女房が二人の娘に折った紙ビナを思い出し（三月三日）他一句〉

紙雛や幼な姉妹の記憶ひめ

時を止めひっそり眠る紙ビナか

足の眼におのずとふかく彫るや影

〈平成二十五年の盛夏に思う、他六句〉

風は消えただただ暑さのしあるき

風鈴も熱暑されて音だせず

涼し音(ね)やどこへ行ったか猛暑のみ

涼し音を出せずに終わる風鈴か

風鈴も肩身せましと汗をだし

あの蝉もだまる暑さに声を止め

蝉たちも悲しかろうぜ今夏の日

年金（としより）にエアコンすすめ生活（くらし）苦や

貧富差を増しましふかめアベノミクス

〈小野恵美子『花幻―評伝　原民喜』を読んで〉

目に消えず花の幻ゲンバク忌

右や右進めや進めラッパの日

雑草流句心——命をさけべ

朝焼けや森の木立ちも声をあげ

力みせ天にせりだす杉の木や

ゆらゆらり朝日浴びつつ木々の面(つら)

運命(さだめ)とはおのれを超えたひとときや

ひとときは命の鼓動その人に

生も死もくらいを歩む人の音

人の影ゆれて曲れば生きており

なによりも生きる位（くらい）にわれを知れ

春たたえ小鳥もうたうのどかさや

むらさきの乳房（ちぶさ）ひかりて藤むすめ

藤みつめ若さあわゆき恋のころ

秋桜（コスモス）や撫でて往く風幸をつれ

コスモスの風になびくや足かるく

〈日野原重明の本を読み、他一句〉

終末（おわり）こそ死の威厳だとさけぶ医師

威厳あれ終末のいのちやおだやかに

青あおと拡げる枝葉（えだは）森の息

吐く息と吸う息あうや木ぎの径（みち）

〈二〇一四年元旦、杜甫の「人生七十古来稀なり」を思い〉

古稀ちかく祝う生こそいのちの眼(め)

生死(いきる)とは宿命(さだめ)の性(さが)の華車(はなぐるま)

生きるこそ生かされる身の心音か

健やかな水の清さや秘むいのち

雑草流句心（二）――明日への眼

因果もついのちの種子（たね）の生や死や

運命も人の因果の歩みなり

足の眼の感性ふかきいのちかな

夕日みてひろがるこころ明日への眼

人は死ぬおれも死に往く未来記や

今を見て幸せつかむ夢やあれ

草木（くさき）もかあまりの暑さに正気とめ

空みあげゲリラ雷雨の雲よどこ

どうなるか猛暑（あつさ）の貌で狂う天（そら）

自然こそ魔神の力じざいなり

いのちある風光たれの雨よふれ

うるおして命の雨の息ひろげ

〈弘前の嶽玉蜀黍が届き〉

嶽(だけ)きみの風土(さと)の美味(うまみ)や笑みをみせ

〈二女夫婦の信州土産、他一句〉

七味ふりまじる味覚のふかさかな

一味よしピリリと溶(と)ける人もよし

〈鎌田慧『悪政と闘う』を読んで、他二句〉

しぶき浴び内在の目やふかき言(げん)

生きるとは往く意志(たましい)の音色かな

いのち懸け言説（ことば）刺す路（みち）われにあり

澄んだ水器（うつわ）に添うていのちうみ

権力人（ちからびと）本音をかくし風よ右

今次（いま）を打つ鐘のひびきに耳よ聴け

誓願（せいがん）はいのちの鼓動（こどう）うむ祈り

雑草流句心（三）——人も笑み

コスモスの色彩ゆすり人も笑み

色どりの風さびしくも秋桜や

明るさのこすもす踊り風もよし

秋桜のゆれる姿や慈愛みせ

愛さんか秋桜ふかし色合いの美

こすもすの撫でるやさしさいやし風

一面のコスモス靡き秋ふかめ

足かるく秋桜さそう郷愁（さと）の路（みち）

コスモスの燃えてこそあれ優しさの

〈核災は詩人若松丈太郎のことば〉

頭目（あたまめ）で浄土（やすらぎ）ころす核災や

心願の落日（おちび）に溶けしわが祈り

虫なればいのちを聞けと啼く楽士

寒椿ポトリと落ちる血の美みせ

竹林の節うむながれ時空の美や

風光のそそぐくらいの竹をみせ

竹のもつ撓やかうむや意志の根の

竹は竹、おのれの命ふしに込め

見事なり竹林(ちくりん)菩薩(ぼさつ)の景色うみ

位(くらい)にも業(ごう)の力やいのちうみ

運命(さだめ)知りおのが歩みの音のこせ

心音(しんおん)を鳴らして往かんわれひとり

咲く花も土の真味(しんみ)の化身なり

雑草流句心（四）——夢中の日の出

〈二〇一六年の光として他、二句〉

初日の出こころのなかの涙よび

目の中の平和を願う光明（ひかり）たれ

同交（まじわり）のなみだににじむ初日の出

〈二〇一五年船橋洋一『湛山読本』、山口正『思想家としての石橋湛山』を手にして他、二句〉

湛山を語る著書（ほん）二冊知る笑顔

自由主義（リベラル）の言説（ことば）はなつや意志の人

リベラルの流るる正義個の意思に

さるすべり千の手のばす奇抜仏

千の手で肌を護るや阿修羅(あすら)の木

阿修羅の手剣(つるぎ)ふるうやさるすべり

怒る手の枝に咲かすやいやし花

目立つ木や淡いピンクの美をうみて

異様肌みせつつ咲かす花千手

〈二〇一四年二月の雪をみて、五句〉

雪もよしけれども怖い都会道

雪のごと白きこころのわれたらん

七つ降る津軽（つがる）吹雪（ふぶき）の耳が音

一夜にて白き世界の児（こ）に還り

見よ都会お前も泣くや、白魔かな

〈仏典『法華経』「化城喩品・雨新者」より五句〉

心耳（しんじ）打つ雨こそよかれ柔和（やわらぎ）の

平等（ひとし）雨（あめ）きど、あい、らく、の四季をうみ

世の中は満せぬ眼（め）にぞ自我（エゴ）の雨

雨新（うしん）ふる大地のよろこび潤して

節ぶしの強さうるおす天の雨

雑草流句心（五）――法楽をうみて

〈二〇〇八年一〇月一九日中山法華経寺のソプラノと雅楽のコンサートにて四句〉

ソプラノや祖師堂つつむ祈りかな

澄んだ声法楽（ほうらく）うみて散華せり

祖師堂の声楽雅楽まじる幸（さち）

ひびく音（ね）の和洋舞いつつ仏（ほとけ）えみ

〈二〇一〇年正月、中尾堯『名句で読む立正安国論』入手、法華経寺聖教殿にて五句〉

宝塔（ほうとう）の秘する教えや安国論

独特の格護のなかの祖師の書（ふみ）

人気なく凛とたたずむ祖師宝塔

現代（いま）を読む安国論の祖師の声

初詣で蕎麦（そば）にねがうか帰り足

〈二〇一四（平成二十六）年正月四日長女宅にて詠む〉

松門の竹の青さに幸やどり

新しい光りさしこむ部屋の夢

部屋に射す光輝にぞあれ言葉みて

部屋に入る言葉の光り詩のごとく

〈初孫開翔の笑みをみて二〇一三年春ごろ他、三句〉

孫の笑みわれの笑みをも重ねつつ

孫の声ことばの数をふやしつつ

孫の瞳(め)の奥にながれる絆かな

にぎやかな娘夫婦の笑みの家庭(うち)

われもまた老いたりし身の和む瞳(め)や

雪こそは都会の魔障おどりけり

凍(い)てる都市雪のふりつむ魔の嗚咽

土手に咲く土筆(つくし)の子らに風かおり

つくしの子土手に群れつつ生き活きと

雑草流句心（六）――落日の世の

人もまた落日（らくじつ）の世のやすらぎへ

燃ゆる血も落日（おちび）をつつみネハン色

なみだ溶けなぜにと思う夕日にや

夕日みて神秘うむ色さちひろげ

幸福（しあわせ）は沈む入日に隠れんぼ

明と暗ふたつからみて落日消え

落日（おちび）こそ生涯（いのち）を解（と）かして染める色

燃えつつもやすらぐ世とは夕日の美

落日（おちび）みゆ眼（まなこ）の底のいのち径（みち）

いのち往く浄土（やすらぎ）うむや夕焼け美

落陽にただ流れたる濡れなみだ

なにゆえに頬つたわりて笑む落陽

見つめるや目頭あつく無心の美

夕日呑み巡ぐる身体(からだ)のうむ癒し

寂寞(せきばく)と茜にそまる石仏か

石仏も野道も熔かし茜雲(あかねぐも)

夕焼けや地蔵のばしてほのぼのと

術後の見上げる桜生き活きと

さくら良し一夜の雨のにくらしさ

生きておれされば目にする桜日や

音もなく散る美(は)しさひくはなびらや

目を開き渡らん衆生(われら)法(のり)の途(みち)

雑草流句心（七）——石橋湛山に学ぼう

〈立正大学一四〇周年記念特別展二〇一二年一〇月立正大学にて〉

湛山の智見はなつや座像意志

〈湛山は言論人であり、立正大学第十六代学長、第五十五代内閣総理大臣であった〉

言論の自由さけんで湛山歩

世の流れ言論あって生き活きと

物言える世こそしあわせ人の身の

自由主義（リベラル）を身で闘いし湛山や

〈戦前戦中、湛山は治安維持法や軍部と闘った言論人〉

維持法と闘いし身や湛山翁

〈日中国交の基礎をつくり力をそそいだ言論人で政治家〉

湛山に学ぶ理念や時代（とき）を超え

戦争（あらそい）は愚かとさけぶ湛山翁

説く理念墓に入りても世を照らす

死をこえて世に灯（とも）す声世をうみて

湛山は墓に在りてもさけびつつ

湛山は活(い)きて此の世の理念灯

問うことの転化の視線一途たれ

守るべき信念背負う言論や

〈湛山は仏教徒として仏典『法華経』の雨新者の思想を大切にした〉

仏典の雨新者(うしんじゃ)秘めひとり往け

墓にふる雨新聞きつつ世をみつめ

雨新聴き内なる声のふかさ知り

湛山の雨新の理念言(こと)走り

〈二〇一二年十二月三十一日　千葉市の古びた県住にて〉

心音(しんおん)の鐘をつきつつ死を視つめ

〈二〇一二年元旦に詠んだ心情他一句〉

風光のいのちとなれり言葉うめ

心音のひびく力やわれにあれ

足の眼(め)におのれの意思や生きており

雑草流句心（八）――人生は蠟燭か

内に燃え溶けゆく蠟の謐の美や

すがた燃え照らす闇への因果たれ

祈る身の溶かす炎のローソク美

燭台（ローソク）のほのおの業やいのちみせ

静かなりもえるローソク我が身にも

わがエゴも炎の輪にぞ溶けし蠟

燃え溶けし業の花びらわれとなり

業の華ひとの住む世の火宅かな

暗い世に燭台（ろうそく）立てて祈る声

燃えつくす燭台（ローソク）たれのいのち美や

わが胸に解（と）けし思念詩ふかくあれ

詩の華は呼応自在のまなこ美に

眼(まなこ)もて詩人の力量(ちから)そこに咲く

詩の力はなつ言葉の呼応かな

われ老いて悲しみ土にかえし往け

世の中は老いも若きも沫の夢

監獄は格差老人花ざかり

個の声や天にひびかせ和となさん

戦争や愚かな道は人にあり

〈有漏（うろ）の花あじさい三句〉

添う色のしっとり咲かす紫陽花や

性（さが）のごと濡れて生き活き変化花（かわりばな）

あの華の性の美（は）しさや濡れ姿

雑草流句心（九）――長閑さにあれ

われひとり心の音をうみて往け
天に立つ杉ゆれつつのいやす身の
真味（しんみ）こそ土のまことの素（もと）となり
たんぽぽや雀たわむれ昼のどか
長閑（のどか）こそたんぽぽ群の幸福（さち）の国

かなしみは驕れる慢にふかくあり

人の値(ね)や慢の音(ね)にこそ濁るなり

やさしさは妙(たい)の実(み)のりに因果せり

やさしさは法(のり)の祈りに涌き出でて

本当の幸福(しあわせ)ねがい塔を建つ

幸せはそこにありけり塔を建て

ゆれる木樹（きぎ）こそうれしけれ風の愛

賢治の灯宙（ひそら）の妙（たい）にぞつつまれり

阿修羅（あすら）世に問うて祈るや賢治の眼（め）

曼荼羅（まんだら）の命のいぶき野の師父に

ノッポ杉まっすぐ天に威厳せり

真っ直ぐの天かたらいて杉と風

浴びるまま地蔵と杉の夕日の絵

沢の水つれて一滴はるのおと

春をつれ小川にそそぐ長閑さや

散るさくら光りをつつみわが美目(みめ)に

葉桜の明日へのひかり夢桜

雑草流句心（十）——讃えんか海の

海の面（つら）じごくごくらく讃えつつ

海こそは喜怒哀楽の揺り籠か

讃えんか海のリズムに人は活（い）き

人の世の生死海にわれら生き

海そめて涅槃うみつつ阿修羅（あすら）ひめ

無心なれそこに顕わる海の笑み

荒れ狂う海の嗚咽や人に似て

嗚咽する人のかなしみ海は知り

くり返す海の音ぞやすらぎの

海をみてわれを救うや波リズム

いのちうむ海こそふかき愛の音(ね)や

海の詩（うた）洋洋かえす波うねり
目に見えぬ天然の声うみに聴け
海の目にぽつ念とする幸せか
おだやかな車窓（まど）に笑む目やひかる海
ふかき愛うみの広びろ慈悲となり
出逢いする海のいやしの嬉しさや

海のこえ母なるいのち打ち寄せて

彼方には波うつ夢の国ぞあり

わが胸の解けしこころに咲けや詩（うた）

内なる目むけてむけての詩人たれ

詩のひかり個をつらぬきて個に還れ

雑草流句心（十二）――日蓮の聲（房総の旅）

〈二〇一一年一〇月晩秋　日蓮の足跡を誕生寺、清澄寺、鏡忍寺にたずねて〉

孤影ひき一途の生や求道の跡

誓願の海ひろびろの聲となり

子規の足日蓮もとめて小湊へ

いのち掛け題目ひびく未来海

日蓮の額（ひたい）切られし小松原

改革の安国誓い日蓮眼

誓願(ぐどう)こそ日蓮すがたのいきいきと

わが目にも日蓮革新の声の波

清澄の四(し)海(かい)題目日蓮や

昇る陽に眼力ふかく放つ聲

ろうろうと誓いし聲の立教(おしえ)翔ぶ

妙（たえ）の法（のり）ひびけや四海安穏（やすらぎ）に

日蓮の願いの法（のり）の歩む背や

澄んだ風ひかりをつつみ妙（たえ）の果（は）て

ちからあれわれの願いの仏（ほとけ）みち

祖師たちや法を背負いて仏道（ほとけみち）

祖師の声首にぶらさげ聴きてゆけ

日蓮の力あらばの思念を問い

日蓮立つ旭ヶ森の夢彼方（かなた）

生も死も妙法（たえ）ふかき仏路（ほとけみち）

題目の聲にぞひかれ朝日なぎ

妙法の声とどけよ久遠（とわ）の海ひかり

雑草流句心（十二）——愛惜の父への面影

〈私が遠い他県の高校で学んでいた一年生のとき四十九歳で死亡〉

若き父百姓（たみ）の汗して土に往還（ゆく）

今想う急ぎし父の汗浄土

〈津軽の人びとが間食した干もち。冬の寒さの夜に水につけ干した〉

干もちの水づけ夜の星ひかり

今は過去父の姿のもち干して

七つ雪ふぶく津軽や眼に消えず

ただ一途無口の父の愛となり

口数の少ない父の慈悲の目や

父の声まわる影絵のなかにあり

父(おど)よおど急ぎ過ぎたかひとり路(みち)

父想う黙語の影や沈みおり

沈む陽やあかね大空夢われに

夕映に木の葉散るる父の墓

父の墓粉雪ふり埋む夕の風

古惚けの事務所に笑むや菊一輪

ともる灯に桜ひらひら跫（あし）の音

〈平成十九年春、寅さんの柴又帝釈天（題経寺）にて他二句〉

法華図の彫刻（ほり）の寺こそ寅の声

〈横山大観筆「群猿遊戯図」より〉

庭園（にわ）の部屋びっくりするや大観の絵

江戸川の渡し舟吹く春かぜや

〈平成二十四年千葉中央メディカルセンター・心臓バイパス手術入院にて〉

窓に立ちみつめる街のネオン濃し

風光をわが身とするや竹のゆれ

冬の日や沈む太陽生きている

夕日うみオレンジ色の涅槃(ねはん)みせ

雑草流句心（十三）――幼な娘幻想よ

〈心臓の手術で千葉中央メディカルセンターに入院し二人の娘を思いつつ〉

音もなくこころ締め付け雛の雪

しぼむ眼を見開かすかな雪力（ゆきぢから）

若葉区の緑りこき地のいのち風

助かりし命おもうやふる雪に

命あり家族のねがい医師の笑み

いのちとは祈りにも似た慈しみ

無常の孤独さつよくいのちあり

お雛様娘二人の紙雛よ

娘たちつよくやさしく命あれ

うす煙る雨の一日紙雛よ

紙ビナのこころの内の雨の音

雨新ふる病の窓のうごめきよ

木の芽うみ自然やわらぐ雨新あれ

リハビリのはげむ相（すがた）や光よぶ

生かされた生命（いのち）ふたたびわれにあり

言葉うむ幸福（さち）ふかくみていのちまた

心臓の鼓動うれしいいのち哉

命濃き血のながれにや感謝(ありがとう)

医師の手や心臓(いのち)再び無心のみ

〈平成十九年十月三十日（火）近くの幕張船溜跡公園にて　三句〉

落葉(おちば)風いのちの軽さわれに見せ

みつめんや落葉の中の秘むいのち

木の葉散る音命(おんめい)しずかわれありや

雑草流句心（十四）――眼もゆるみつつ

自然法昆虫（じねんほうむし）もよろこぶ春の声

身を出して土に嬉しや虫いのち

眼（め）もゆるみ欠伸（あくび）しつつか虫出（いで）し

ねぼけ目で大地（つち）より出し虫の活（いき）

昆虫（むし）たちのうずく悦び春よ来い

虫なれどいのち活(い)かされ自然法

〈善光寺の僧の某事件をテレビでみて〉

生き仏有漏(うろ)をまとう色衣

〈孫の五才のときの自転車練習を目にして、他一句〉

よろけつつペダル踏む児の笑みまじめ

五歳児のペダル似合うヘルメット

還るさと父母(ぶも)のねむれ風景や

老いてこそ見える尊さ美しく

梅雨の美や色彩(いろ)のふかさに匂わせて

〈お盆蟬をうかべて、他七句〉

蟬鳴くやお盆ちかづく暑さかな

蟬もまた無常ありて鳴くひびき

蟬しぐれ暑さの中の涼む声

鳴く蟬や幼なお盆の影をよび

蟬の声ひびく深さに兄の去る

墓に染み消えぬ子供のまなこかな

兄弟（はらから）の集まる墓や遠くなり

蟬や鳴けそこに秘めれるひとときや

春をうむ葉ずれの音やかろやかに

おだやかな風吹く葉ずれ身をゆるめ

雑草流句心（十五）――人びとの六根（ろっこん）に

青葉みせ嬉々とよろこぶ梅雨木だち

梅雨明けの暑さ来い来い子供かな

眠る夜（よ）にカリーンと鳴るや安らぐ音（ね）

やすらぎの深さに満ちる風鈴（すず）の幸（さち）

孤となりし音（おと）こそ響け風をつれ

夏の夜（よ）のひとりの耳にわれふかめ

時にあり一人（ひとり）を愛（め）でし音（ね）の久遠（くおん）

〈第三九回千葉市民花火大会　八月四日（土）幕張の浜にて他八句〉

滅す美の空の舞い散る人の華

幕張の歓声あがる華火顔

夏の夜の人も火花の声あがり

埋め立ての海も昔や花火びと

人も笑み街も笑む日の花火咲き

待つ夏や幕張花火の彩の声

新都心若いすがたの色彩美

かたる夜の幕張ビーチ火花笑む

幕張の浜にひびくや人生(ひと)の華

梅雨によしあじさい色のつややかさ

つややかに濡れてやさしき紫陽花か

雨に合う七色みせて顔の花

〈二〇一六年六月某日。花梨三ヶ月に他一句〉

バンザイの寝すがたつくり花梨(かりん)笑み

眠る子の赤ちゃん口きりりみせ

自らを咲かすたんぽぽ野草意志

雑草流句心（十六）——風の中の楊たれ

風にゆれなびく楊(やなぎ)の根のつよさ

柳にはどこ吹く風のいのちかな

風になり意思ある人のやなぎかな

しなやかな楊の腰ぞ志念の根

揺れる世のブレぬ姿のやなぎかな

大切な根の意志こそや楊たれ

みずからを秘して揺れるか柳の音ね

逆らえぬ風ふく流れみきわめて

いつの世の風にゆれても川楊

吹かれてもぶれぬ楊の志念ぞよし

我はわれい揺れても倒れぬやなぎかな

柳なれゆれても折れぬ意地の根や

川端のやなぎにひかる蛍かな

ホタル来い川端やなぎの児（こ）の声や

わが名前やなぎ三本の三世かな

変わる世に柳の個立つ意思捨てず

時代（とき）を吹く狂う風にもやなぎ腰

狂うに世にゆれても折れぬ楊志念(いし)

狂う世にゆれて逆うやなぎあれ

平和(やわらぎ)やゆれる楊の風によし

ことばあり包む力は世のまなこ

火宅世のなればこそあれ自由の声

雑草流句心（十七）——世の風景の悲しみ

〈二〇一七年もテロあり、近年の世界の風景より他十四句〉

砂の風みえぬ濁りのテロの色

神の名でテロうむ景色地獄絵図

神を借り満たせぬ夢のテロル呼ぶ

景色消え神も消えうせ神破壊

拝金の神世（かみよ）の背反テロの径（みち）

世の常や狂うに狂い神は泣き

安らぎの神こそ嘆くテロの罪

神さえも自我（エゴ）につかれし迷い世か

世紀末カミも怒るや哀し世の

人の世の風景いのる神いずこ

神の名で神冒瀆（ぼうとく）の人の業（ごう）

泪ひめ神もうれうやテロの夕に

テロ神の名に染められし神かなし

風色の世界を壊わす神しらず

神は死にテロルの悲しみ神の名のに

権力（ちから）には忖度（そんたく）ありや宦官（かんがん）の

阿諛（あゆ）の世の狂いし権力（ちから）ひびきつつ

忖度に利益かくして笑む高官

能面にオブラートする偽善(にせ)力(ちから)

正義無し権力(ちから)の虹のむなし天(そら)

大衆(ひとびと)の失う眼(め)にぞ世をゆがめ

大衆の自由の批評(くち)に戦争(おろか)止め

Ⅱ

詩集　足の眼

1　大根腕になろうとも

大根腕になろうとも

――生命(いのち)あればこその風光

還暦をすぎた数年の男が
どこか狂いだした四季の冬の暮れに
十二年ちかくつづけてきた人工透析の生活で
左の腕に入れた人工血管(グラフト)が寝ている間に破裂して
血だるまになった

血にそまり生温かく冷たくなってゆくパジャマ
その感触にわれを忘れてあわてふためき
声をあげて家内や娘にグラフトの腕を
万が一に持っていた二本のゴムバンドで血止め
早朝の寒さのなかピーポーを鳴らす救急車が到着
その音に「助かった」の安堵
ふるえる男には救急の音は天や神や仏のピーポー
冷たい腕にさわる三十分の車中に
「家内や娘がいなかったら死んでいたかも」
身のうごきのにぶい男は命の血止めをできたか
やっと透析する病院に入り　生存への感謝が湧く
その日の内に三回目の左腕の手術は約四時間
M先生の力で新しいグラフトを入れ手術成功
「M先生の笑顔にただ黙念の感謝」
手術した人工血管(グラフト)の腕は　数　日　し　て
大根役者ならぬ大根足のごとく
いないなそれ以上の大根腕の太さとなるであろう
傷だらけの跡をのこし
生命にかかわった戦歴のよろこびの灯明となり
生きているよりも　生かされてきた
人生へのよろこびとなって
これも全(すべ)て生(いのち)あるからだ　二倍の腕の大根でもだ
生かされている存在はそれほど重い

大根腕となっている悲しみはあるが
右腕は自在として使える　文字(ことば)も　書　け　る
「欲をいうな男よ　それでいい」
感情を吐きイノチあるだけでの呼応をしよう
そこにまた感性のうずく風光もうまれるものだ
切り刻んだ大根腕であろうと愛(いと)しさの風光をうけ

〈二〇一〇年十二月某日　千葉社会保険病院にて〉

かたつむりのごとき生存

――スロー人生の這うやすらぎ

○

梅雨の玉が
あじさい花や葉にたまり
ひとときの太陽にキラリと光っている
むっとくる季節と
多くの生き物も一息つくいのちの崇高
わたしはその梅雨の合間の光にさそわれ
ここ半年ほど　の　ん　び　り　ゆ　っ　た　り
周囲(まわり)を散歩せずにいたが
あじさいをみようとつい思い
杖をつき三階の部屋から外へ

○

少しばかりまぶしい合間の光に
近くの棟のあじさいをみた
キラリ数個の梅雨玉をつくり　わたしをいやす
「うーむ」とうなずき

七色変化のこの花の葉をのぞくと
どこかで浮かんでくる妙な虫のなつかしさ
ゆったりのびのびこれみよ　が　し　に
おのれの這う粘液をだし
生きている証明の径をつくるように
でんでん蟲蒸し《かたつむり》よ

○

そういえば数日前であったたか
旧詩友からの葉書に熱くなる言葉があった
《かたつむり》のごとく往け　生　き　よ　と＊
相性のいい七色顔のあじさいとかたつむりの共生
活き活きと季節を過ごし
共感して宿る　住　み　か　よ
そのいのちのあるがままの存在のありかたよ
「ゆったり　ゆっくり　のんびり」と姿をみせる
変化自在の花の葉にのろのろ這う径をつくれ
背を丸くしたかたつむりスタイルで

○

「つのだせ　やりだせ　目玉だせ」の生き方を
スローリズムに乗せて　往け　往け　い　の　ち
往還ふたたびつなぐ永遠回帰のあゆみを
自らのあゆみをする姿はノロマでも美しい
　のんびり生命でも
　ゆっくり生命でも
　ゆったり生命でも
独自の球体姿でも背負う大切さがあるのだろう
誰にも邪魔されずに相性のあじさいと共生を願う
ひとときの生命の安住のためにも

○

あじさいの友情のありがたさに感謝し
共生の安全安穏のやさしさ思念して
《かたつむり》の這う径を誇り
　ひとり悲しむことなかれ
　ひとり齷齪することなかれ
　ひとり嘆くことするなかれ
この大事ないのちの存在をおのれの物とし
笑顔をみせ　愉悦のなみだをぶらさげ
這う生命を往け　そ　し　て　生　き　よ　う

かたつむり自らを認知するあゆみとなって

○

天然のリズムをつつんで
あるがままに這い往くかたつむりの粘液の径よ
迷路のあゆみもあるであろうがうれしいことだ
「生きるとはそういうことでもあろう」
《かたつむり》の這うことも独自の人生設計か
　ゆったり人生も
　ゆっくり人生も
　のんびり人生も
わたしはかたつむりの這う設計図にあろうと思う
絆という共生の縁の必要にあって

○

生き方の捉えかたにもあろう
認識の捉えかたにもあろう
《かたつむり》は　か　た　つ　む　り　の　生
おまえはおまえの認識の捉えかたの生をみろ
でも「かたつむり人生図もいい」
いのちをつなぐ生と死のくぐりぬけや巡りぬけ
急ぐような人生図を自ら反省して
悠悠のびのびとまたときには思考停止(エポケー)して
かたつむりの這うねばつく人生を知ろう
クイック人生もスロー人生もそれぞれの生命街道

○

《かたつむり》は
背負う円錐の身体を大事となして
それに合ったいのちの進行をする
　おまえも知るべし
　死の魔性から生き返った
　人生のいのちの大切さを
だからスローのごときかたつむりのあゆみも
尊厳のあるひとときの生と死の位(くらい)なりと
恐れず嘆かずかたつむり人生を往け
再生の生きる悦びをかたる　こ　と　も　よ　し

○

必要なら呼応し　か　た　る　力　を　抱　け

○

かたつむり丸くなれなれのんびりと

のほほんと這って往く道極楽や
円錐背やゆったり径に這う安堵
目の中に極楽つくるかたつむり
かたつむり七色花に安らぎて

＊この「かたつむりのごとき生存」の詩想は、五月中旬「心臓バイパス」の手術のため覚悟を決めて入院した某メディカルセンターから無事に帰還した私に、松本市在住の旧詩友片桐歩君から届いた葉書の文面。そこには「かたつむりのようにゆっくり、のんびり歩んでゆくことが良いかと思います」の励ましがあった。その言葉に感謝し、この詩篇ができたことをここに語っておきたい。私の理念の林住期の歩みを夢想して。

〈二〇一二年六月の梅雨の日に〉

《死》への歌

> 《死》はつねに　お ま え の
> 《生》の影としてうごめいて　い る の だ
> 生のふかさを愛し　問い　認識する人には
> 死は見えているのだ　（「死が見える」＊）

《死》をかたれ。

そこにはその人の人格や、うごめく魂を消滅させてゆく、自然のもつやさしさの時間の沈黙。ある作家の「さよならだけが人生だ」の永遠の別れの言葉。静止されてしまった無呼吸の哀歌よ。死はそれゆえ生を喰い、生もまた死を喰い、たがいの尊厳をうむ。死と生のぶらさげた運命を、人生の意志を踏みながら転化してゆく日常の姿。その運命をつつんで転化する大切さをかたり、人格としての自然への愛をかたれ、かたれ。生や死のもつ永遠の影として。

《死》を問いよ。
生きるという生命（いのち）には、苦しみや哀しみがある。だからその過程で、現実のみにくさも知らされる。死はそれらを離れぬ影のごとく経験し、恐れへの力となってゆく。死はそうした引力の恐ろしい糸で、そこからの唯一の避難所である。死する事実からの絶対的安心だ。すべて解放された救済の安住地となって。死もこれ必然の安住回帰となろう。われらよ、死の尊厳をそこに問うことだ。たがいの連鎖する生命の明滅となって。そうなのだ、生と死は光と影だ。悦びと悩み、自らの運命（いきかた）に通ずるやすらぎ径の幻想へ。

《死》を恐れても愛せ。
死は闇への暗示をひく。そうであるならば、死はどこか恐ろしい。だからまだ自命自存する人には、いつ無明ともいえる死者の闇夜へゆくかはわからない。死の列車に乗る前に、自らの生の尊厳を夢想し大切にしようぜ。荘厳とはきらびやかに飾ることではない。如何に真味のある生を飾るかだ。その時間を捉え愛するかだ。知るべし、そこに引き合う救済の風光を抱け。死をふかく留める精神（こころ）には、むろん生も大事にする愛がある。生を通底して死をも愛せ。

《死》をときには凝視しよう。
いやな見方だが、死とは万病に効く即効薬ともいわれる。苦しみや悩みから逃れるには、死はまさに万病に効くすべてだ。人は生か死かの自然命を背負い歩んでいる。その生命はいつ死ぬのか、いつまで生きられるかということを「オギャと生まれた」ときから、死の年月日は決められないからだ。そうしたことから、死はまた金持ちであろうが、貧乏人であろうが、差別なく死という運命を担わされている。必然の死に、生を凝視し、死を問う思念をもて。忌み嫌う死であろうと、視点によって救済ともなろう。感受せよ。

《死》は身近な到来だ。

死はいつやってくるかは誰も把握できない。死への恐怖はそこにあろう。病で死に会う人や、自殺没入だけを願う人は、息を吸う時くらいに真剣に立ち止まり、自らの生存する運命の転化を自覚してみることだ。生存しているひとときのありように問う思念としてだ。人はその眼の底に捉えるべき死の到来を知れ。それももっとも身近な意識あるくらいに、死の到来として考えてみる眼を内在して。生も死も自然性のゆったりした時間や、時空の流れのなかで。

《死》は自然回帰へのやすらぎの旅だ。
人はいずれ死ぬ。確実に死への道を往く有漏者(うろしゃ)で、素直な煩悩人でもある。悩めるがゆえに永劫にそこに生存できる、生命体ではない。健康死であろうとも、病弱死であろうとも、あるいは自然死であろうとも、死そのものは大自然の彼方に帰ってゆくのが一番おだやかな死観であろう。そのあるがままの自然回帰に往還することが、多くの人がのぞむ土への安住であろう。そういう意味というか、死者への想いが「死は神聖な使命」を宿しているといっていい。死は永久への旅だ。死の尊厳や悲しみも時にうすれてゆく。

《死》は運命をもつつむ。
死という風化や、無化への肉体の滅び。そこには自然と人間を縫い、繋げる悲しみの糸であり、尊さの糸であり、浄土という名の地に送葬されるのだ。いわゆる墓という暗い空間の世界に。そうした墓という狭い空間には、死をつつんだであろう運命をも繋げているかも知れない。死をふかく自存に内省し、凝視することは、やがて無化への旅と認識することによって、生きることへの運命の転化の重要さを知るであろう。死への道は、テロや戦争の無駄死もある。

＊石村柳三詩集『夢幻空華』所収の詩、「死が見える」の一部分を引用した(コールサック社　二〇一〇年四月八日刊)。

〈平成二十四年七月上旬　千葉市幕張にて〉

業火ゆえに

◎

ある『仏典』*1に曰く
「三界無安＝三界は安きことなし」
「猶如火宅＝猶ほ火宅の如し」
「衆苦充満＝衆苦充満して」
「甚可怖畏＝甚だ怖畏すべし」
では問う三界とは何か
『広辞苑』*2に曰く
「一切衆生の生死輪廻する三種の世界、即ち欲界・色
界・無色界。三千大世界。三界一心（一念三千）」。
何、まだよくわからないと
ではもう少し説明しよう

◎

三界
- 欲界とはわれわれの欲望の世界。
- 色界とは色（身）の存在。実存する自身。
- 無色界とは意識と無意識の心理世界。

まあそう覚えておけばいいと思う
その他は自分で調べよと言っておく
ではこれから本題に入ろう
入ろう入ろう　語れ　語　れ

◎

われら人間の社会というか現実の生活は
この三界から成り立つ因果（原因と結果）の世だ
それも三千大世界という森羅万象の意識に
自存する一念に把握され認識される三界一心の像
だから人間はそのひとの枠を超えて
「オレが」とか「ワシが」という
欲界欲望のもっとも強い《業の火》にくすぶり
そこにうまれる支配欲や金権欲悪魔欲に燃え
一帯を燎原してゆく
それは人間が三界に存在しその掟とするかぎり
消えぬ欲界の火であり
色界の火であり
無明意識界の真実の認知火ともいえよう

◎

まさしく「仏典」に曰く
われらが存在の現象は
三界無安のごとき火宅の世であるのだ
うごめく人間の本音の吐く息となり
吸う息となって
あらゆる万象や現象のつらなる因果の交流が
刻まれている世の中なのだ
三界という火宅のうんだ無責任の詠嘆の人
欲望偽善の〔安全神話〕の上に立つ人よ
権力だけを弄ぶ深淵な破壊の大地獄の主よ
安全神話の虚う席から去れ
責任という重さを首にぶらさげて

◎

願望が破滅した現実の世間にあっては
われらにとっては影のような世相となし
三界を金の流れの川と高笑いし
底辺の衆苦を火宅の業の炎とする
無情の世をあざける品位なき知識人の顔を持ち
時代の耳の苦悩を
「知らぬ」と馬耳東風の態度でうそぶく大人（たいじん）
放射能をたれながしてもどこ吹く風の電力人
責務を背負えと放言したい弱き人びと
その心底の怒りの声を耳に聴け
あまりに品性なき企業のトップよ政治屋どもよ
うねる世相つなみの悲しみを映す現実のテレビ
無明の闇におぼれ金権欲を泳ぐ利権屋の嬉し顔

◎

現実を生きる三界は逆流する金欲生死海の宝庫だ
正直な衆生の多くの悲苦の声の多さ
高きに流れる金の本質の魔性
黒い舌のにごれる臭さの業者たち
これまことの欲界の名言
色界を回帰する名言の迷言
口先だけの人間火宅の狭間のさけび
マンネリと倦怠と不安と諦念
安らぐことのない燃焼する精神も消えず
断絶する心の糸の虚しさよ
ただ因果の消滅するがごときの

業火（ごうか）のなかに燃えつきてゆく悲しみとなって

◎

われら人としての遣瀬（やるせ）ない気だるさの精神よ
背負う業のようになびく格差の暮らしに入り
いつの世にも諦める満足と不満足の
心理不良のみにくい世の排便となるのだ
満たされぬ行き場のない排便精神は
こころを二つに割られて別居し
火宅の業の火として走る
滅せぬ孤独と孤高の種芽となって拡がり
それが良いのか悪いのか……
けれど人という物は孤存者（こぞん）となり
ひとり佇むことによって
自らを問うて嘆く転化の人となるであろう

◎

「オレは何者だ」
「なぜ不満に燃える火宅に生きるのだ」
「いな生きねばならないのか」
三界という現実と理想の夢おおう
火宅の法度の運命よ
そこから逃れたいと願う転化のさけび
万の不条理と万の現象をうむ無明の恐怖心
この世は三界無安の人びとの首にぶらさげて
それらの業のごとき炎に耐える
孤存の足をうみながら流浪旅路を歩むが影を愛し
個の真の耐える人生の跫音（あしおと）をしのばせて

◎

おおそこに消滅させられぬ火宅とともに住み
おおそこに消滅できぬ火宅の現世を乗り換えて
われらの悩みや悲しみの心の音をしみこませ
人としての三界火宅という世間の河をわたろうぜ
歩まねばならぬ宿命の暮らしの火宅の共生をひき
火宅の業をふかく凝視しながらのぶとくなれ衆生
とくに未来の三界の業をひきうけるであろう
末代幼児の彼方の首にぶらさげる《業火》の不安
だがわれらが業の火も
衆生の輪廻のもつ救えの真実でもあるといえよう

われら衆生びとよ《業火の定め》も生の力になる

＊1　『眞訓両讀　法華經并開結』法華經普及会編（平楽寺書店版）
＊2　新村出編『広辞苑』（第一版昭和四十二年第二十七刷発行）

（東日本大震災二年目の三月十一日稿成る。）

《足の眼》の風景

◎

《足の眼》はいつも生きている現在（いま）を問う
《足の眼》はつねに去った時（とき）の影を想う
《足の眼》は身の大事のごとく明日への夢を持つ
生きて往くための足の眼は
自らのおかれている立場の姿から
理想へのさけびをしているものだ

◎

足の眼で現実を歩いている人たちは
移りかわる風土（しぜん）の風雪や風光のなかにあっても
《足の眼》の経験をからめた自存としてやさしい
《足の眼》の温もりからつたわる思いやりがある
《足の眼》の対峙し対話する姿に幸福（しあわせ）を隠している
存在するわれらの人としてのくらいを必要として

◎

現世（このよ）の世相無情の風に吹かれながらも

ひきずるあるがままの今や切断できぬ吐息をつつみ

◎

内在に問う思念の人生のふかき眼よ
その離れぬ影のようなわれらの行動のうつつよ
そこにはわれらの人の世を呼応し
問い　視つめ　省察させ　歩　ま　さ　せ　よ　う
背負うべき　ぶらさげるべき
はからいというひとときの空間にあって

◎

人はその歩まねばならぬ本能の足に
大地を進む認識の厳しさと
せつないほどの泪の悲しさを精神の袋につめて
自らの生きねばならぬ運命の足の音として
その生かし方と育て方の風景を抱いて
もがきつつも未来記の願いを踏みつつ

◎

《足の眼》は測り知れない運命のはからいに
生きねばならぬ自存のありようの足の眼をうむのだ

◎

足から把握される眼の開く人生風景の捉え方として

◎

足のつつんだ眼からの現実をうまんとする風景美に

◎

足の眼におのじとふかく彫るや影
内の眼に足の夢をもからめつつ

（二〇一三年そろそろ梅雨明けそうな七月上旬稿なる）

《足の眼》の怒り
〈わが計らいを知るためにも……〉

人の歩みというか　生き方には
ちょっと見方や捉える立場をかえることによって
怒りの多い「不満」の人生であるといってもいい
全ての存在の時間は満足で通過するものでもない
ときにはいらいらし怒鳴り（どな）　ときには泣きわめき
ときには暴れ　ときにはさけび　ときには大酔し
それらを身にまとうて
満足せぬ不満のうずまく
《怒り》の心情というか
怒る精神の消火ともなるのだ

それが人の歩みの
ぶらさげて背負わねばならぬ定めともなり
三界火宅の世間（しゃかい）の業火の人生の浄化（カタルシス）にもなろう
そうした浄化が必要だ

悲しみの浄化であろうと
悦びの浄化であろうと
苦悩の浄化で　あ　ろ　う　と　も
足の眼という実相の生活（くらし）や世界を生きるには
つねに問う思念者のふかみと不満への怒りの意思も
ぶらさげねばならない

複雑で夢や理想のように動かぬ現実の世　幻の世よ
現実の世からはみだし
転落した人びとをあざ笑う世間の眼よ
見よ　見つめよ
知れよ現実を　自らの　眼　を　ひ　ら　い　て
現実を離れホームレスとなった弱き身のあの人を
河川の橋の下でひとりの安らぐ世界をつくり
独居の自由気ままの人生をうむホームレスの姿を
そこには小さな住処（すみか）の哲学者の声があろう
現実の世の悪とばかりなげくな世間人よ

石を投げつけ　棒でたたき

汚いとののしる大人や少年たちよ
それ以上の暴行をつづけ　大怪我や
生命をうばう
生きる命の大事と尊さを知らぬ少年たちのいるのを
彼ら少年たちは穢れたホームレスを乞食（こじき）とばかり
馬鹿にし　罵り
生きること　生きていることの自然の必要性を見ず
さらにそれを　知　ら　ず
また知ろうともしない悲しい感性を

何を教育し
何が大切かを教えない自我（エゴ）だけを育ててきた大人
その親たちよ
見よ　見つめよ　知れ現実のホームレスたちを
その姿には空き罐や空き瓶をひろい
自立独歩の存在を歩く人もいる
彼らは彼らの設計人として笑顔をうむ人でもある
自らの生活の哲学を身につけて
人に迷惑をかけまいと　人に害をなさず

ひとりの樽の中の哲学者ディオゲネスならぬ自由人
おお現代の橋の下の哲学者といってもいい
ホームレス人もいる
そこには現代の世を愁れえる自存のディオゲネス！
まさしく現世の自由人の《足の眼》を先取りする人
ホームレスの住人よ
時にあっては怒れ　本音で人生の幸せをかたれ
現代のすべてを捨てた裸の自由さを
哲学者ディオゲネスのうまれかわりとして
ふかい足の眼をもつ思念からさけべ
生きる血の自由の生き方のありようとして
自我（エゴ）だけを増殖させる大人や少年たちの
ふかい計（はか）らいのない哀しみを　その存在の生き方を

《足の眼》を知る人よ　怒り　怒れ　怒り　怒れ

《足の眼》の悦び

人の暮らす
大いなる大地を踏む足というものは
日常という自然の感触をもっともうける
それゆえ足の裏の感触には
動くことの歩くことの感性の信号作用が強くうずく
そうしたことから
足という歩みによって呼応される
感性という思念の眼があろう
つまり《足の眼》という　や　つ　だ

生きる暮らしの道路（みち）を踏む足には
それに伴う足跡というか　足　音　が　あ　ろ　う
足の眼をつつんだ経験というか実践の認識をだ
その一つの悦び　感応した　よ　ろ　こ　び
足の経験には直接もしくは間接に

その人の人生思念をうむ心の音の悦びをもつものだ
また悲しみへの涙をながす歩みもあろう
さらにそれを超えた悦びの
感情もふきだすであろう

感性のひろがりや足による眼によって
歩まれた実践により生じた証の不可思議
足の感情のひきずる感激ともいえよう
ここに共感した感性の　よ　ろ　こ　び　の
一つの美の性（さが）よ
そこに出現する悦ぶべきこころのレンズをもて
そこに神秘に滲んだ人の悦びの足の眼をもて
足の踏む感覚からの大いなる呼応よ
人の道（ロード）の心音にひびくよろこびよ

そ　こ　に　こ　そ　われらの
身となるよろこび
尊いよろこび
美しいよろこび

生きるよろこび
生きていることを生かされているよろこび
そのことを知ろう
《哀しみあれば　楽しみもあり》
《怒りがあれば　喜びもあり》

自らの存在するための問う足の眼に
自らの悦ぶべき人生レンズを拡大してゆけ

〈平成二十五年九月下旬　虫の啼く音を耳にして〉

《足の眼》の問い

§

素直に、真面目に、真剣に、思念する大切さ

§

わたしたち人間が
ふくざつな仮面をつけてこの世を生き抜けてゆくには
ただ前に進むという号令の声だけではなく
反省というか
真面目な眼と真剣な心と素直な耳とを
吐く吸うの息に合わせた思念の心情から
ときにはゆっくり
あ　る　い　は　少しばかり足ばやにふりむく
《問い》と《問う》の姿勢がひつようであろう
自らの身に呼応し同交するゆとりをうむために
ストレスが充満し

うずまいている仮面世相の暮らし
せかせかした絡み過ぎた現実
人の間に吹くすきま風の　こ　の　世　に
樹木も寒ざむとしている公園
草や花やうるおう水もない都会の渇き
そうしたカサカサした息苦しい日常のひびきよ
あ　る　い　は　老齢になり消えそうな地方の風土（すがた）

そこに素直に認識の眼をむけねばならぬ
人間として吐いて吸うひと息の大切さの尊さをしろう
反省というより
問いや問うことを　必　要　と　し
仮面がつつむストレスを解放し
自らの意思を主体におきつつ
本音としての心の音をならそう
生きている三界火宅の自存のひとりとして
首からさげるくらいのさけびとなして

《問い》と《問う》人としての歩みの眼力のために

続《足の眼》の問い

希望へつながる
暮らしのためには
自らの歩む足にうずく
感情や心情をもっとも敏感にする
感性という眼が大事になろう
そうした感性の足からつたわる眼にこそ
踏む足の反応の神経をなす
個としての自存の足のもつ眼となってゆくのであろう
そうその足の眼の現実神経を自覚しつつ認識し
〈問い〉〈問う〉ことへの感性のレンズを
個の大事として拡げてゆかねばならない
もっと強固にいえば
人としての行かねばならぬ生き方の必要な呼吸として
その生涯の途（みち）への交わりをなして
つまり人であることの人としてのさけび

さらに人であることの未来を問い　求　め　て
自らの人としての運命の影をひきずって
喜びも怒りも
哀しみも楽しみも
人として巻かねばならぬ有漏者の音色をならし
命終（みょうじゅう）の旅人としての歩みをするであろう
われら人の足の歩むさけびをしながら……

背負う現世の悩みと希望の複雑さを足の眼にゆだねて

自らの眼を誇れ

人として世間や自然のはなつ醜さや美しさを
感受できる
自らの《眼》を持つということは當身（とうしん）の大事（だいじ）だ
そうして　そ　こ　に
その人としての眼を胸臆において作用することは
ほんとうに美しくて
まぶしい尊さである
『眼蔵』*という視線のとらえかた
大きく底のふかい精神の眼と内在の眼よ
転化させる思念のありようの《眼》の矜持の方法
その生かす真実の眼にこそ
億万の実相を把握しようとし批評する声があろう
現実や未来記をかたる人たちは
とくに億万の実相をみつめ
呼応する思念を散華しなければならないであろう

生きて生かされる
静かな安らぎの創造にあって

＊鎌倉時代の改革僧の一人、道元の『正法眼蔵』の言説する真実の眼。仏典の精神の蔵、心の蔵の大いなる教え。そのような鋭敏な眼を持てという意味においてである。

〈平成二十六（二〇一四）年一月中旬の寒波の日なる〉

《足の眼》の刻む生

わたしという個の
足の眼という身体の感性で行動する日常には
そこに体験したというのか経験を得たというのか
一刻いっこく作用するものへの
嬉しさや怖れへの《刻む生》があるものだ

それはわたしたちが人として自在する戦きでもある

不思議と不条理の交わりあった
複雑な人生のあり方
ひとりひとり違う
人生というものの経験の足の眼
人とはそうした足の実践の感情を亡失している

日常というものから過ぎてゆくなかに消したい存在

けれど人が生きたいということは
そうした身近な現実から一歩ほど進む
生きる毎日の社会音や心の音を発条（ばね）にして
自らの生きるくらいを刻んでいるものだから

そうその何げなく足の刻む足跡にこそ

わたしという自在のありようの眼があるのであろう

そこにこそ大河のごとき一滴いってきの人生があり
それにこそ生きたため生かされるための姿があるのだ
わたしたちはそこに自燈明の証明を誇ろう
《足の眼》の矜持（きょうじ）する内なる感情の大事さとして
たとえ孤独の歩む足であっても

現実に生きる苦悲を首にぶらさげつつ刻む音として

〈平成二十六年三月三十一日（日）雨上りの夕方　某病院にて〉

《足の眼》の風光

命の風光という言葉が好きだ
それに眷属した足の眼よりつたわる
風光の風景こそ
浄土のもつ希（のぞみ）なる思念

わたしは今　そ　の
ひとときの安らぎを夕日の山脈にみる
足で歩いてきた
わたしという誇りをもつ内なる人生光景を凝視して

それが生きていること
もう一歩ふかく進んで生かされているという
今このひとときの位置の柔和心
その感性をこれからも必要な大事となして

個というものの
わたしの存在する
一個人の灯火の指針としながら
足の行為の眼の実相の尊さとして対峙しながら

トランペットを吹きたい

――わが幻夢としての歌

トランペットの音色を
秋の夕日になぜか耳にしたい
柿の葉がちる姿を目にしながら

音色は哀愁にまじわりつつ滅してゆく

トランペットの音色は
なぜ孤独にひびき纏(まと)いつくのか
それは吹く人もトランペットの孤音を愛するからか

孤独のはなつ音色は孤高のうれいを知っているからか

トランペットを吹きたい
トランペットのあの哀愁の美学のせつなさ
せつなくても吹けない孤高の音色よ

本物の音を吹けなくても精神のトランペットを吹け

〈平成二十六年四月一日　独立行政法人千葉病院にて〉

《足の眼》の毒舌

前書きならぬ前舌を一言。《毒舌》とは、①巧みに人を讒言すること。②極めてわるくいうこと。どくづくと。毒言。（『広辞苑』昭和四十二年第二十七刷）。またもう一つの『福武国語辞典』（一九八九年版）には、①しんらつな皮肉や悪口。憎まれ口、とある。そこでこの詩の中では「辛辣な皮肉や悪口」の立場を含んだ意味で用いたい。

人の吐く口舌というか批評批判には、ときには人への悪口や攻撃よりも時代のもつ狂気をおおう精神への、するどい毒舌も必要であろう。狂気を吸う時代への辛辣な皮肉の意味でだ。毒舌、すなわち悪口の舌の素直な把握においてだ。国家主義や軍人の横行した戦前戦中には、こうしたふかい意味での毒舌こそ時代批判の攻撃として重要であったかも知れない。けれど痛烈な毒のひめた舌とはならず、無毒の言葉を閉ざした散華が多かった。自由な言葉の話せない時代にこそ、皮肉で辛辣な毒舌は活きるのだ。暗黒の世には、その毒舌のもつねばつく毒も通用しない怖ろしさもある。

そうした素質の姿勢をひめた皮肉の内在された毒舌も、どこかおかしくなりつつある「いつか来た道」に回帰し、自由言論の圧迫がうごめき濁れる足音。しずかに、あるいはかすかに聞こえて来る現実の世相。死者の山を築いた戦争悪夢からの平和の自由の尊さが、少しずつ崩れてゆく世の操縦の恐怖よ。そこには単なる批判の言葉は通用しないし、効き目もないであろう。そこには強くて鋭敏な毒舌こそ必要となるのだ。人を刺す皮肉の言葉となる風刺の毒の舌。世の中には「毒を以て毒を制す」る逆もまた真なりの、見方もあるのだ。その人間への語りかける風刺の毒舌語よ。

辛辣な皮肉を内在する毒舌。権力を握る人や、狂気の時代精神をあおる人には、毒舌のねばつく舌でなめあげ正気の大切さを訴え、もしくは伝えることだ。毒舌の持つ悪口批判の口舌も、そうした立場から見直し大事で尊いものとわれらは知らねばならない。狂気の風をにじませ、じわっじわっと散華する黒い手の権力のありよう。毒舌性のねばつく毒の精神も、その言葉もそこに燃え立つわれらの毒舌言語としてぶらさげて往け。それも自らの人生の足から伝わる気配や、経験のなせる暗示の足の眼の作用としてのふかさにあってだ。忍び寄る暗黒に移る危険の匂いが知れよう。

汚れた毒舌にも、ときには言葉として背負わねばならぬ毅然とした批評の姿もあるのだ。どこか倒立し狂いつつある現実や人びとの身影には、どこかしみこむ心情への毒舌の眼のありがたさがあろう。かくのごとき人の首にぶらさげる毒舌精神は、散華する木の葉のヒラヒラ天からの毒のもつ舌語ではなく、人びとの住む大地から湧き出る、生きるための毒舌として現実や時代を撃ち、魂をうむ深層のさけびともなるからだ。平生には悪役の言葉であっても、どこか狂う影がただようときには、すっくと立つ救国の言葉にもなる、毒舌のふかき精神よ。われらはそのことを知れ。

〈二〇一四年九月某日、虫の音に安らぐ深夜稿をなす。〉

毒舌精神の詩

毒舌を吐け
毒舌は呼応してふかく吐くために必要なのだ
毒舌はその使用する立場によっては痛烈な覚醒ともなろう
しんらつな皮肉の感性うずく毒性の言葉を含みつつ
じわりじわり人びとを圧迫する世相の権力を恐れず
逆に権力を制す毒を持つ真(まこと)の言葉をもうむ
ごうまんで自主執着の抱く人間には
とくべつにその毒の舌のふかさを知るであろう
知れ権力の盲者よ
その能面を笑みでかくす権力欲者の姿よ
汝らには毒舌の毒針の言葉にこそ巻かれる批判となろう
毒舌も秘す内在の力として
美しい国づくりを美しく散華するとかたる山師を撃て
そこに美しい言葉にかくされた復古調への顔があるからだ
国家主義を美の復活となし

いつかやってくる曲学人の夢への回帰ねがいの径（みち）
軍備をもつことが自国の平和と演説し
美しい軍隊や美しい国の妄想を抱かせる
そうした立場の要人には
正義の言論は屁のつっぱりの戯れ事さ
そこには強烈な毒舌の刺す皮肉の言葉も空回り
なれば毒を食らば皿までと
毒には毒をもって制す毒舌のすさまじい風刺よ吹きまくれ
その率先をもつ詩人のあり方の精神も
ときによっては強烈な風のごとき毒舌も吐け
人びとの正気をもどす思惟への毒舌のさけびとして
知れよ人びとよ　そして詩人と称する人びとも認識せよ
毒舌もその使い方によって薬用の言葉にも転化するのだ
そうしたふかく大事となる感性を
詩想に呼応する詩人は信念のなかにいつでも抱き放言せよ

毒舌も真実（まこと）の言葉ふくみおり

地から涌（わ）く毒舌菩薩（どくぜつぼさつ）世相うつ

毒の持つ舌こそよけれ世のために

〈二〇一四年秋分の日に脱稿〉

人生の渡海

人生という人の世は
どこか複雑にからみあった歩きにくい路地だ
あの登りにくい山への悪路や降りる尾根の怖さ
あるいは深き谷へつづく命がけの足の路
平坦なようでつかれる峠の曲り路の長さ
さまざまな人の世の紆余曲折の背負う影絵よ
人生はまことを写す喜怒哀楽の幻化の鏡でもあろう
そうした幻想のぶらさげねばならぬ
人の世の人生をおおうのが
三界火宅という現世をつらぬく生死海の船なのだ
荒波の此の世にはつねに悩める苦や悲しみ
慈しみや喜び　怒りや楽しみ
それらをつつみ流す涙の救いよ
人生という歩かねばならぬ影絵にも
そうしたやさしさの愛があるのだ

流す涙に溶かして人生愛を渡ることもあるのだ
山河や大海をゆっくり歩き　また泳ぎ切って往くのも
それぞれの身にまとう大いなる自然愛をうむ
自然からの放散される感性
さらにまた
われらの呼応する人間愛の感性にこそ
有漏（うろ）ただよう
生死の人生の海を渡るエネルギーがあるのだろう
われらは自らの生きる世に
自らの人生の渡海を思念して
たんたんと
みずからの信念を往け

人として享受する思念者としてだ

〈平成二十六年紅葉うかべる十月中旬の秋晴れ〉

心の音のうずき〈感性の重大さとして〉

人性のわれらは
と　き　に　は
するどく研ぎ澄まされた
こころの音を聴くことが重要だ

そこにはふかくくるくる内省された
想像をうむ感性や悦びがつつまれているからだ

そうした感性には
人性の呼応という五感をすすった
豊かなイメージの音が必要として舞っている
大事の身のささやかな幸福をかなでつつ

そこにこそ人としての珠玉の感性の尊さをみよう
こころの音の希望のふくよかさを享受しよう

そう　それを大切にしよう
そう　それを願いとしよう
そう　それを必要としよう
そう　それを尊い美としよう

人として鼓舞する平穏の身の音につらね……
人として命を終える力の音につらね……

無題①

われらには本音としてさけぶ、信と念の声がある。
素直に。真面目に。真剣に。
これこそ真味の声であろう。
この三要素をぶらさげ、一途に往こう。
きびしい道程(みちのり)であるであろうが
人としての呼応や、感受性の久遠の回帰のあゆみに。

無題②

こころのつぶやきは孤独なわれらのことばだ。
天から降り、地から涌く、自然からの求心の囁きとして。
そのつぶやきを、自らの内在として捉えることだ。

精神の自在性

——二〇一四年七月一七日　木曜　晴　日記のつぶやきとして。

今日も暑い、
一歩も外に出たくない気持だ。

精神(こころ)はのびちぢみする
生きることへの欠伸(あくび)のごとく
ときにはのびのびと素直に
ときには真剣にはりつめ
ときには真面目にゆるめつつ
精神もみぢかな生と死をひきずり
どうどうと活(い)きているのだ
われらは　そ　の　こ　と　を
自身の吐く感性のやすらぎとして
知らねばならないであろう
大切な〈汝自身を知れ〉＊のさけびのように

＊古代ギリシアの哲学者ソクラテスの言葉。

秋のひととき

秋の天は雲ひとつなく
どこかおちついた空気がいい
そ　こ　に　は　人も樹も草も花も土も
一段落した暑さから解放され
ほっとしたのびやかさと
安心感の胸奥があるようだ
それがいい　胸奥の秋天の愛のごとく
ど　こ　か　静かに
ど　こ　か　寂しく
ひとりの孤心をからめて
みちている秋の空気をすおう
秋の秘した奥ぶかい愁いのこころに
秋の秘した奥ぶかい愛のこころに
人をひととして過ぎ去らせてゆく
ひとときの秋の天であっても
秋のつつむ幸せのこころをともなって

〈平成二十五年十月十三日　日曜　晴　記憶の日記より〉

人間の根

人間の根は
自然に生（は）えたものではなく
躾（しつけ）や愛情　さ　ら　に　は
育てるという教育や
その知性によって
生まれているものだといえよう
それは人間にまかれた感性の色取りにあろう

それが人間としての根になるのだ
それが人間としての感情の作用ともなるのだ

そうなのだ
その理知の感性の呼応にこそ
人間としての善悪をつつんだ万の根が形成されよう
だから根が

人間の精神として大事なのだ
身近にわれらの眼にみえぬとも
根源の感性のありようとして

人間という迷路の
万の無明の世に必要な知性の存在の根として

こうした教育（はぐくむ）という
「教えられ」「学ばされ」「思考する」「問う」
思念の力にこそ
人間の根のふかさが潜在しているのだ
そのことを人間のもつ感性として知ろう
そのことを人間の誇りとして讃えよう
わ　れ　ら　人間の愛するものとして

だから人間の持つ根を張れ
だから人間の願う根を張れ

自らを知る感情のふかさと生の色取りのために

根とは個の種子

根とは種子だ
樹木には樹木の種子があり
草花には草花の種子があり
野菜には野菜の種子があるように
地形というか
その風土の土壌にあって育つ
自然の摂理というか
掟のなかに成長しながら

そうした自然界のなかで
もっとも強固に這う地下茎の生命の風土に
竹林も　樹木も　草や花も
風光を浴びながら　と　も　に
土壌の掟をうけいれて
共存共生の脈命をしている

ここにこそ自然のつつむやさしさの世界があろう
人間界のおよばぬ自然としての慈しみがあろう

根は種子だ
いろいろな植物をうむ因子なのだ
その代表がいわゆる花草木であり竹の地下茎の根だ
自然のつくる絆の共生のつよさとなって
種子因果の根の図形を誇りつつ
大いなる個の植物の存在をみせるのだ
《根》としてのよろこびの自然愛となって
《根》としての種子のよろこびの演出をして

それはまた
人間の根の知性の精神にも命脈している愛といえる

自在の根

人間という漢字というか、言葉を自在に考えよう。
人とは、人が人をささえている姿ともいう。
この世は娑婆という業苦、
あるいは三界火宅の世ともいう。
そこにあるのは、
ただ一人の個として、完全無欠の個で生きられる、
此の世ではないであろう。
ささえあう人の娑婆であるからこそ、
その世界をうむ精神があればこそ、
世間という「門」を入った、人間社会を形成。
日常の喜怒哀楽の共同生活ができるのであろう。
門というテリトリーの中に、日をかさねる常を共存、
苦楽を歩けるのである。
人間の根の見えにくい尊さはそこにあるのだ。
自らの人間としての大慈大悲の、
くるくる回る自在の根となって人間回帰する。
人間の生きるさけびの根をともないながら……。

〈この三篇の詩は二〇一五年梅雨入りのころ稿をなす。〉

死の音

生には今生の乱入の音がはげしくからまっているが
死にはしのびよる分かれの音があるのであろうか
わたしはあると思う
そう信じたい人間の心理(こころ)のさけびとして

死は誰にもえんりょせず必然とやってくる
人間平等の位置として
誰しもがのがれられない因果でもある
だから死は耳にはきこえずしのびよっている

かくじつに生きてきた真逆の証として
死の平等は
人生の音をどこかでひきずっているものだ
足跡のこつこつひびく死の到来をつれながら
それは自己(おのれ)の生き方や死に方を
日常の騒音(ノイズ)にあって思念するかどうかにあろう
自己の人生の弱さや強さの音を
内在してとらえる人は死の音をみじかに感じよう

死はとくに
悩みや病を背負って
じぐざぐの哀しみの過程をくるくる巻いて
生きるということをふかく考えた想いにあろう

なぜというに
苦悩とか病は死につながる自己帰着に知れるからだ
人は病にあろうと健康にあろうとも
いつやってくるか知れない死の音に離れない
だから死の音をしずかに心耳に留め死を愛して往け

（死の音がするこつこつと
死の音がするこつこつと
死の音がするこつこつと）
死　の　音　が

〈平成二十七年八月お盆過ぎ稿なる〉

《足の眼》の暗示

感性としての足の眼
足の眼としての感性
人は生きねばならぬための
人は死ななければならぬための
相反するようで相反しない生と死の合一よ
いないいな
たがいに補完するための
唯一不二の命の終わりのために
その証明の存在していることへの歩みに
人のもつ人のかかわりに大切な
六つの認識器官*の一つである身（足）にこそ
この世相の経験としてのほんとうの感性があろう
人としての足の感性
人としての思考の感性
人としての生活の感性

人が人として生きるのは
その人間（ひと）のひきずらねばならぬ
因果のめぐりあわせの諦念（あきらめ）であろうか
それとも
人としての運命（さだめ）をも転化する
《足の眼》としての意識であるのか
いずれにせよ足の感受するこころには
自らの人間としての生き方を暗示しているものだ

*仏教用語で六つの感覚や意識を生じさせる器官で、眼・耳・鼻・舌・身・意の六根（ろっこん）のこと。

命終の旅人

○

人の命とはなんであろうか
それは個（人）という誕生からはじまるといえよう
個とは生まれるときも
死ぬときも
独りであるということだ
人はそうした個を因果として
生きることへの胸臆のさけびをしている主（ぬし）であろう
そういう精神（たましい）のふかさにある
なにかを燃焼しなにかを求めるように
精神をくるくる線輪し
《魂（こころ）》という目にみえぬものにうごかされ

○

人は与えられた意志により
個を自己（おのれ）として歩まねばならぬ運命の旅人として
生涯という感情を往かねばならぬ

命を終わるまでの旅人となって
それをおれは《命終の旅人》とよびたい
悩みおおき修羅の独り
天をあおぎ地をみつめる弱き個の姿として
いやされず歪んだ不満をなげきつつ
生死海（しょうじかい）の命終の風の旅人となって
命のありようをぶらさげる今生（こんじょう）の根をさがし
根無し草のただよう風景の世を問うてみよう

○

ホームレスや閉じこもり　下流老人や行き倒れ
現実の荒れ狂うテロや戦争　民族主義の対立
哀しい血の世の命の終わりの火宅をうもうとも
おれは迷える命終の独り
風のディオゲネスとなって往かねばならぬ*
まことの安らぎをさがしてみる有漏者の旅人を願い
生き死にのありようを内在に溶解し
個としてのわれらの存在の視線の遍歴をしよう
そこに人の歩みつづける大切をかたろう
命のつながりの個の眼（まなこ）の旅人となって
何人も生き活（い）かされる旅人の精神を飛翔させよう

○

無常という世に強く個の尊さをふらせよう
人よひとときでもよい命終の旅人となり命をさけべ

*古代アテネの哲学者。又は「樽の中の哲学」と呼ばれた自由人で旅人。権威・権力を畏れない人物であった。アレキサンドロス大王との「日陰」の対話は有名。著書に『自然論』がある。

誓願の詩

《如是我聞(にょうぜがもん)》
誓う願いは苦しみよりも、喜びのなかに湧(わ)きでるものかも知れない。その喜びとは人の自在に潜む、不思議なエネルギーであろう。

われら凡人の願いはどこか他人事のようだ
けれど誓願には
必定のこころがつつまれている

われら人というものは
追いつめられて捨離の身になったとき
必定のいのちの存在を知るのであろう

そうそう単なる願いは
人まかせ他人まかせのあげく　風　ま　か　せ

あこがれる夢への破裂がうごめく
けれどけれど真味(しんみ)の誓いの願(がん)とは
自らの歩まねばならぬふかい出自の因果より
捕らえようとしなければならない願い

いのちの線輪(コイル)した存在を
ひととき捨離した生(しょう)に芽吹く悲しみをつらね
生まねばならぬ必定の精神を感受せよ

われら人びとの誓いの願いは
われらの有漏(うろ)の血の仕合わせへの思念の祈り
そこにこそ優しくも生へ回帰する呼応の詩(うた)がある

〈二〇一四年七月二十九日暑さの中稿成る〉

続誓願の詩

序言

（詩にはふかい批評のこころがながれているが、同時にそこには誓願の祈りもつつまれているだろう。やすらぎやいやしに通底する生の旗として。）

人よふかい思念の誓願をみずからの首にかけよう
さらにその誓願を社会にかたりかけよう
個のありようの自主自立の意思に
大事としてつらぬかれているものを認識しつつ

たんなる利益の祈りよりも
まことの誓願はみずからのこころにうごめくものだ
くりかえす波のように
理想へのかなたのさけびとして

しろうぜ人たちよわたしたちよ
そこにこそ大いなる主体のなすやすらぎやいやしの
共生の誓願旗をしっかり立てて
ちからをこめて振り廻してさけべ

みずからの個として吐く命終の息の大事として
息を吐くこととは息を吸うことだ
そうその吐いては吸う　吸っては吐く呼吸にこそ
喜び哀しみ怒りや楽しみの感性ある空間がただよう

生きることへの
大自然たる地球共栄の水のながれのごとく
いこう世界の誓願のえがおをうかべて呼吸し
平和の風をなびかす旗を立てよう

〔付記〕　この詩心には、紀野一義『心に旗を立てよ—私が伝えたい仏教』（講談社　一九九九年）に教えられ、学ばされた。感謝したいと思う。平和への誓願は人類の理念でもあろう。

《石》のように座する立場

如是我聞〔黙念信受(もくねんしんじゅ)〕を大事にしよう*

《石》を以て追われようとも
《石》を以て批判されようとも
みずからの思念を大切にしようぜ　人　よ
《石》は沈黙のなかに
《石》として持たねばならぬ哀しみや
切なさも
ふかく含んでじっとしている
《石》はただ黙念する信を受けて
石の核に回線しながら
沈黙の冷さと温かさの要(かなめ)をつくっている
だからそれを感受する
やさしい人の思念に
その人の保とうとする信念にあるがままの相(すがた)で
語りかけている
そのおのずと置かれた立場にあって
その沈黙というか黙念の大事をとらえ
どんと座す黙念の《石》よ……
その抱く石の内持する力よ　黙する座のふかさよ
冷さと温かさのつつむ時空のながれをしずかに
視つめ　そして聴け
われらの自然石の位置から
しんみりと染みこませて
何かをたんたんと発っしている声を――
そこには
《石》というわれらの素直で　真面目で　真剣である
自然という呼応の対話の必要の問いを　問うことを
その心耳の尊さとしてしろう
そうした座する《石》の立場をふかくからめ
みずからを自らとして思念し
精神の語らいの〈黙念信受〉としよう
人よ　迷える人よ　悩む人よ
ときには座して黙念黙語する大いなる石と対峙しよう

まことの黙念を受け
自らのこころのありようを聞いて
そして開こう
生きねばならぬわれとなって

＊「黙念信受」は仏典『法華経』の言葉。
人は素直に、真面目に、真剣におのれと対峙することも大切である、という感情があろう。

そうした感性や心情を時空にこめた《石》と黙語するのも人の精神の尊さであろう。

生きる

○

人は死ねないならば
生きねばならない
死のなかには
その生へのさけびがあろう
だからわたしはさけぶ
生きねば
生きたいと
生きていれば良いこともあるだろう
わたしには二人の娘たちと
孫が三人いる
男の子二人と女の子一人だ
だ　か　ら　孫たちの元気であそぶ
泣き笑いの顔をまだみたい

○

齢をかさね

老いの身になってみれば
貧しくともすくすく育ち
思い遣ることをわすれない　娘　二　人　に
親としてのほほえみをしてやりたい
平凡な娘たちのやさしさに
そのＤＮＡにつながる　孫　た　ち　よ
投影する生き方の
ひとつの仄(ほの)かな愉悦(たのしみ)よ
そうした想念(おもい)こそわたしの
生　き　る　こ　と　だ
まだまだ死ねない
老いの大事さを思念すれば思念するほど
生　き　る　こ　と　だ

○

老いるという
自らのためにも
孫や娘二人のためにも
喜びや哀しみ　怒り　楽しみを
歩いてきた人生の影絵としてそそごう

泣き笑いの貧しくとも
それなりの影絵ある人生であったが
生きてきたわたしの平凡な幸せの位置よ
それらの影絵に家族の新たな色彩を灯そう
思い遣る絆の幸せを点(とも)す　ほ　ほ　え　み　に
生きる　生きる　生　き　る　こ　と　だ
人生という家族のつながりにあって――

雨心情

ふる雨はつねに
新しい雨となっておちてくる
四季の移ろいをよびながら
ときには狂う雨となりやさしさの雨となったり
人のふらすことばの雨も厳しさもあり甘さもあり
そうした感性と思念のことばが大切だと思う
　そのようなことばの甘露をうもう
　詩人はそのことばのふる雨を感応しよう

《足の眼》の讃歌

生きるとは単純に問うものではないであろう
そこには素直に生きる真面目さも大切だ
そう語ることは　簡　単　だ　が
それを別言すれば
喜怒哀楽の吐息をすることであろうか
そういう平日の暮らしの経験から
自らの歩くことの認識から
身と心に纏（まと）いつくほとばしりから
ふ　か　く　「生かされている」ことを知らされるだろう
ふうと浮かぶ思念の　あ　り　よ　う
「生きる」「生きてきた」「生かされている」という
自らの感応し同交する
こころの和をうかがい知ることになろう
そうした心情の変化に
ほんとうに「生かされている」という

よろこびの感謝への生きることが
自らの足で往く尊さのことを感受するであろう

生きるとは
そのような自らの姿や　立　場　と　し　て
自らを問い　そして捉え
喜び・怒り・哀しみ・楽しみを背負うほほえみとなそう

そのことを自らの《足の眼》の生きる誇りの讃歌としよう

〈平成29年5月某日古びた団地にて〉

自然に染まろう

こころの作用は
移り気なものだ。
おのれのこころさえころころ変化の音色をうむ。
それを調整し〈おのれを知ろう〉ということが
大切で必要な
人とのこころともなろう。
おのれを鏡でみつめるようにして……。
——おちついて往こう。
——ゆったり空をみあげよう。
風色（ふうしょく）*がつつむ海や山や川
樹木や草花を手に取り目をあげよう。
自然への戯れやまじわりにこそ
おのれを内視する心情をよみがえらせるであろう。
人よ　時　に　は
ひとりになって自然に染まろう。

＊『広辞苑』には〔ながめ。天候。けしき。風景。風光〕とある。

〈二〇一七年六月五日稿成る〉

《足の眼》の夢

〔心の糸は繰り返し、夢の酸素を大事にするだろう。〕＊佐相憲一

夢をもとう
夢をかたろう
夢をあゆもう
若人も子供も　大人も　老人も
格差の住みにくい変化の世の回転にあって
われらはどう歩み　どう進めばいいのだろう
明日のこともそうだが
今日という今を足で歩み立つためにも――

なぜなら生きていることは　そ　こ　に
現実(リアル)な日常の生活の体温がしみこんでいるからだ
毎日の生活に流れている命の体温は
今日から明日へ継ぐ夢としての希望へ

だ か ら　生きることへの
日常の回(めぐ)るやすらぎという温もりへ
足を地につけての歩みの経験から
夢　夢　夢　へ　の　持続と対話と進歩

知ろうぜ夢は口で喰うものではないことを
足という現実を踏んでのつながりから
明日への光明(ひかり)をはなちながら
自らの《足の眼》を信じ進むべき目標
そう　そこにこそ毎日の身の眼をとらえよう
夢からうまれる希望への躍動として
それらへの繰り返すこころの心の音の共感をつつんで

夢は身にうずき消えない
人生のレールにつたわる深く熱い大切なものとなろう
それゆえ人生の生命(いのち)の空気でもある酸素のごとく
夢にちりばめられる人生の酸素
自らの希望なる夢風船を毀さずに
人生レールを敷き飛翔させよう

夢を　希望を　今日の現実に——

夢は夢にとどまっては哀しい
夢は誓う希望になれるからこそ
夢の消しえぬ力となり
《足の眼》を往くはからいに
生死の大事を　な　し　て
誓う夢をつよく抱き
身を以て進まんかの歩む夢よ

〈一歩一歩形作りをする夢の心音
〈それゆえの志願の夢
〈願いをかなえよう夢風船を

＊文芸誌「コールサック」91号に発表された、佐相憲一の小詩集「樹海の蜘蛛」の詩篇より引用した。

連結詩〔風景から風光への心鏡の尊さ〕
その㈠　風光という心鏡を抱け

こころにある風景には
消しえぬ山川草木の
人びとのこころを癒す大切な風土があるものだ
そうした天然のうずく
感応し同交する景色にこそ
生きている証明の心鏡の風景があろう

風景につつまれた美しさは記憶の目ともかさなり
人びとの心鏡のやさしさの景色を蘇生させて
消えうせぬ心中の鏡に《風光》をうみ
風景から湧(わ)く安穏の世界の存在……

そう　そこには
風景を通過した澄んだ《風光》のささやきがあろう
けれど人びとよ

それだけではどこか物足りないものがあろう

だが　だ　が
そうした物足りなさとは
こころで映す鏡の風景か！
こころで癒す静止の鏡が失われているからか！
そう　そうなのだ
風景が心の鏡を通して風光になってこそ
真味(まこと)の〔風景即風光〕といういのちとなるのであろう

《風光》という風景の
消しえぬ温もりの美しさよ
穏やかな心奥の風景がやさしく浮かび
頭上や足下の現実の憩う風景の風光となろう

だ　か　ら　人びとよ
《風光》と呼ばれる景色から与えられた
心の鏡を抱こう

それゆえ知ろうぜ　そ　こ　に　は
風景から風光への転化がつつまれていることを
大切なわれらという人びとへの
安すらぐ美学を投影させて

こころ休まる救いの風光となりわれわれの存在を思念させ

〈二〇一七年春到来の三月稿成る〉

連結詩〔風景から風光への心鏡の尊さ〕
その㈡　風景からの救いの風

こころの内面で
風景がこころの慈しみとなり
やすらぎとなり
自らの心情にある感性をひいて
自らの救いの風景になり
自らの呼応の風景になり
風景は風景を越えて
心秘の美となり
こころをいやす無心の生命（いのち）となろう

心秘の美は
自らの〈生きることへの美〉となろう

眼の前にある自然の風景は
内面の人生の捉え方から

その人の歩いてきた
隠されていたやさしさの解禁によって
風景は変幻し
そこに幻想の美をつくる
風光の生命を与えられた風景美となり
風光の詩想と詩心をはなつ

風景からのやさしさをつつんだ
生命を愛に転じて風光は感受できよう

連結詩〔風景から風光への心鏡の尊さ〕
その㈢　生きている風景としての風光

生きている風景を
さらに自らの内面の鏡に映し
反射させて
自らをかえりみて
人というものは驕りをちらつかせてはならない
自然のみせる力とやすらぎに比べ
何と小さなことの存在を知らされるであろう
そ　こ　に　こころの移ろう
おだやかな救いとして
人としての内在を凝視し　よ　み　が　え　し　て

柔和な尊さを教えてくれて
こころに浮かび湧き出してくれるのが
われらの人の思念の風景から学ばされる
《風光》の反響の美となす自然のやさしさの力だ

ふくらみ　みがかれ　反射の心鏡の大切さ
それは心景をつらぬく風光の心につながるであろう
人よ　そ　れ　ゆ　え　に
自らの風光を出現させる
慈しみの鏡をこころに往還させよう

だからそこに人としての存在を記憶する感性の鏡を！

《おおその風光を感応させる心の鏡を
《おおその風光を信受する心の鏡を

自らの個としてのやすらぐ願いの風光をなして
自らの人としての風景から風光への心の鏡をなして

人よ　そ　の　風光のつつむ無礙（むげ）の和（やわらぎ）の尊さとして

〈二〇一七年晩冬の日に〉

連結詩〔風景から風光への心鏡の尊さ〕
その㈣　心の風光の安穏

自然にかえればの心の鏡で
風光の尊さのいのちをみつめよう
そこにこそ
自然のあるがままという〔諸法実相〕*の活きている
風景のいのち風光……

人はその胸臆にあっての風景に反映させての
風光を知り
風景の実相（あるがまま）をなす風と光の
大切さを把握する必要をうかべるであろう
こころに入り美しくなる心景の風光よ
そ　こ　に　風光となった詩情（ポエジー）の救いがあろう

風景も　風光も
人としての感情に活きているんだよ

こころの風景からの
転じて化した風と光のリズムをつくりつつ
そのように生まれた〈風光〉は
自らというわたしを歩ませわたしをつくるであろう
それは安穏の呼吸となり眼に見えぬ自然からの
やさしさの贈り物となり吐く息と吸う息の呼応の愛
その人をささえる活動の尊さの鼓動となるを信じたい

〈二〇一八年二月三日寒さの節分に、幕張にて〉

＊「諸法実相（しょほうじっそう）」のことばは、仏典『法華経』に見える言葉。

小さな雑草花との遊戯

春ふかき
幕張の浜へながれるコンクリート堤防の川辺りの
土の匂いする片すみに
そ っ と へばりつくように咲く小さな雑草花
大地をいとおしむように群れをなし
一角の聖域の幸福（しあわせ）をつたえている
あるがままの季節（とき）の場所としての
仲間の意思のやすらぎの 慈 し む 心 で
異種花でも美情をつつむ詩心（ポエジー）をたいせつにして
一つの〈自然遊戯（じねんゆうげ）〉の実相の尊さをうませて！
わたしは古びた団地の住みかから
川辺りの遊戯花（たわむればな）の出会いをよろこび胸臆のほほえみ
小さな花たちも無心の合図をかえしてほほえむ
反応し同交する　こころむすぶ呼吸の感性
小さな雑草花との甘露（かんろ）の対話よ——

わたしもへばりつく人生にあってその息吹を愛す

〈二〇一八年春五月、近くの外語大学周辺を散歩して〉

念念の夢を往け

へばりついてきた
《詩文学》への夢を往け
そうした心の音を
時空にとどけと天鼓にしみこませてつたえよう
天然のささやく
甘露のひびきをふらすように
なめらかな詩情（ポエジー）のメロディ　ふ　か　き
念の念としての信受さを
呼吸し　感応し　同交し
感性の莞爾（かんじ）をうんでひとりあゆめ――

〈二〇一八年　初夏の某日〉

念(こころ)に咲くさくら

さくらはヒラリとちる、
頭上と頭下にうつくしい。
現実の眼と
頭の念に開花する　さ　く　ら　よ。
そのやさしさとかなしさの美をみせつつ——
さ　く　ら　は　こころを回復させる、
想い出がある記憶をもつつむ。
消しゴムで消しえぬ人のあゆみの刻まれた思念花。
それぞれの胸奥にかさなる風景のふるさとの
忘れえぬ年輪の〔さ　く　ら〕の匂いよ。

〈平成三〇年三月中旬、東京にさくら開花の頃の「日記」より〉

2　いのちの風光

いのちの風光

風が天地の使いといわれるならば
光は宇宙からの如来（にょらい）のごときかがやきだ
風と光のなかには幸福へのファンタジーがある
山河草木や生命あるものに
吹き、そそぎ
自然や風景風土の大切さをささえてきた

慈しみながら問い　そしてみよ
風は雲をよび　雨　を　ふ　ら　せ
いのちの息吹をつくってきたではないか
慈しみながら問い　そしてみよ

光は絶妙な温かさで
いのちの鼓動をうんできたではないか
　でもときには大風雨となり
　あるいは大旱魃となり
　　生命をおびやかしてきたが

けれど風や光はエゴイズムのつよい人間や
戦争とテロには直接手をくださない
四季のかたらいの風や光は
やさしい慈しみの風となり
やさしい慈しみの光となり
たがいに同交し　手　を　と　り　あ　い
天と地のいのちのエナジーを回帰させ
沈黙のような愛で生命をたたえ
それぞれのいのち幸福をなでては　そ　そ　ぐ

そう自然法爾（しぜんほうに）をうむような
浄土安穏の風光をみせてくれるだろう
風光のささやくファンタジーのやすらぎ世界

自者のいのちある風光
他者のいのちある風光
それらを念珠（ねんず）の玉の祈りとして
人類の末代幼児の首にかけ
よろこびの風や光の愛として　と　ら　え
争いのない地球（ほし）の生命存在として祈ろう

風光につつまれ
風光を呼応する願いをもって
われら人類や　あらゆる生命あるものに
慈しみ　そしてやさしく
やすらぐ浄土の　さ　け　び　と　な　し　て
人びとの思念をふかくなで　おおそそげ

〈平成二十三年　師走の風光を浴びて〉

亡霊原発

自然は人間と調和し、共生する能力をそなえている。人間もまた、自然の猛威（エネルギー）を恐れながらもどこか自然を愛し、共生してきた。けれど、福島原発破壊から出ている放射能は、自然界を超えたもので、人間社会や生命ある世界から遮断されなければならぬ、《亡霊だ》。まして破壊された原発周辺の市町村は、その消し得ぬ亡霊という放射能に取り付かれ、大人も子供も老人も、牛も猫も犬も、くらし生活の場として過した風土を捨てねばならなかった。風景としてのふるさとを――。

それはとてつもなく大きく
田畑の実りも風評食糧となり不安の現実の毎日だ
狂わされた原発ふるさととの時間はいつまでつづく
郷愁の思いは怒りとなり　諦めの風化をさせるな！
ふるさとを希望から　消　す　な

ふるさとを風光の生命として　忘　れ　る　な
ふるさとを破壊させた安全神話の原子力発電所

いつ帰れるかを示さぬ　東京電力よ　国よ　県よ
いつ放射能の安全なるかも示さぬ権力眷属（けんぞく）の企業よ
美しく慈しむふるさとを消滅させた亡霊の原発企業よ
原風景のぶらさげた眼をゆがめた放射能の亡霊たち
消え去るなら消えろ
ふるさとで生きてきた人　び　と　の　た　め　に
その美しき風景へ　その慈しんできた風土へ

そう育まれた喜怒哀楽の風や光や水の幻想
河の流れや海へのあこがれ
森や林のこもれ日　小鳥たちのさえずりに
生きてきた生命のごとく受け入れられるのか
いつの日か
いつの季節のひととときか
教えてくれ東京電力よ　国よ　県よ

それよりも　おお自然と人間や生命うずくものとの
共生はできるのか
いつ風光のある共生はやってくるのか
苦悩する《亡霊原発》の　ふ　る　さ　と　よ
悲哀の日常をうむ《亡霊原発》の風　土　よ
原発破壊による安全神話の悪魔の罪よ
その亡霊悲劇の生滅できる日付はまだ確立されない

○呪われる亡霊原発幻化たれ　（石芯）

わたしの命は

「わたしの命はわたしのもの」
その哀苦は
だからわたしだけのもの
そうつっぱね
自らの殻に閉じ込めてしまう　お　ま　え　よ
狭い眼のよじれて細くなってしまった神経
血圧があがり命をちぢめる自己密閉ばかりの
嘆きを吐くな
おまえのことは口にはだささないが
こころの底で心配しているのは
女房や娘たちであり　親や兄弟の身内のあたたかさだ
それに心情ふかき友人の心配もある
「わたしの命はわたしのもの」だと
すねたような眼だけで悩む　お　ま　え　よ
命をそうかんたんにかたづけるな

命は自分のものであろうと
他人のものであろうと
そのもつ価値は地球よりも重いといった宰相がいたが
そうだと想う
縁（えん）がありうまれた命は海よりふかく山河よりも厚いのだ
不思議な因果につつまれた業（カルマ）ともいえよう
また現実に吹く無常の風による
時のながれのくらいにつつまれているものでもあろうから
「くらい＝位」とは永遠のごとき時の流れのひとときだ
いずれ人は死ぬ　必ず死ぬ
財産や名誉や地位に関係なくひとときのくらいに逝く
無へのくらいの回帰は必定のやすらぎ
そういう人というものの命は
この現実の世相の喜怒哀楽につながる血脈の自然の命脈
だから
わたしという　お　ま　え　よ
哀苦の「自己密閉」にいそぐことなかれ
孤独な眼を大事にしつつ病院の窓からみつめた
杉の木や竹林の風にゆれる姿を

あるがままの自然命のひとときのひとつの姿として思念
ゆれるしなやかさの風光をあたえてくれるやさしさとして
そこに知ろう　わたしの命はひとときの位(くらい)にあることを

〈二〇一二年冬　心臓バイパス手術のため千葉市某メディカルセンターにて〉

立葵の花心

梅雨上りのカラッとした一日
わたしは杖を片手に古団地の周辺(まわり)をのんびり散歩
歩くことによって体をうごかし
老け込むのを抑えるために
狭い団地のまわりには
季節のありようや住む人のありようによるのだろう
どちらかというと庶民の低所得層が多い
だからそこにはそれなりの人びとの音色がながれ
生きている息吹も老いつつある静けさのあいさつ
にぎやかなのは住む人の手入れした花の彩り

その古団地の小空間に草や花は生き
梅雨の晴れ間をよろこぶように
紅・白・黄・紫・桃色などのひとときの開花
柔和な感性　秘した心情の慈しみをみせ

なんとみごとな品性八重咲き姿の花よ
その名は立葵(たちあおい)という
やすらぎとやさしさを支えあうキリリとした背丈
わたしは一瞬たちどまり
この花としばし思念のかたらい
花心の奥の秘する美につつまれて

いつの間に近づいてきたのか年配の女性が
「それ立葵や」と声をかけてくる
その声もどこかやさしい
杖をつく男と女性の立葵への微笑
庶民のような柔和な花も　ま　た
庶民のよろこびの花びらを見せ咲いている
天の光に無心に匂うように
咲く花の秘する美を放散しながら
古団地の庶民の感情にいっぷくのやすらぎを与え
今こそわが姿のたちあおいをみてねと

わたしの杖を片手の散歩もここにほっと　一　息

花に合う花びら咲きて匂う美や

やわらかな高貴な花の立葵よ
六月の雨あがりの一日をわれらの感情につげる
命の風光回帰に黙す美を明日も咲いてくれ

〈平成二十二年六月某日住めば都の古団地にて〉

《足の眼》の憂鬱

その人の足の踏む眼の現実は
一見人としての権利や自由が保障され
日常の暮らしを
いわゆる先進国らしい繁栄におおわれている
けれどけれどだ
よくよく街々や村々の隅っこや
大都会の高級マンションやマッチ箱の住居（すみか）をみると
人と人との古来の対話のつながり
人　情　も　薄　い

俺は俺
お前はお前という
無関心の度合いがふかい
一言でいうならば精神と精神のふれあう理解もなく
個と個の離反した孤の世相こそ
日本という社会の《幸福》なのかも知れない
誰かがいった鋳型やハッピー音頭に　は　ま　り
自己を消失した合一精神よりも
個と個を大切にしそれを追求するのも孤への眼だ

そうした「あまりに人間的な」*立場でいうならば
乞食もヒッピーも現代のホームレスも
個の生き方の歩みであり　責任も　幸福もあろう
その生き方そのものを
頭から否定することは何人にもできないであろう
それをテレビ評論家よろしく
どぎつく問題にすることもないだろう
いかいかいか人のしあわせはそれよりも奥ふかくうずき
それぞれの生死の人生音頭をはなつものだから

それよりもそれよりも
ただエゴむき出しの利益追求の人や
人としての考える力を無くし
おもいやる心情を見失った子供や学生

分別の大人の方がより恐ろしい精神だ
そうなる知性をすて
人の不幸をかえりみずせせら笑う世こそ精神の終末
知れよ　せせら笑う人たちの心奥には
蝙蝠のような得体の知れぬ利己の眼が増殖している

＊ニーチェ「人間的な、あまりに人間的な」

〈千葉社会保険病院にて　八月十三日〉

《足の眼》の痛み

よく聞くことだが
人生は山あり谷あり　茨　あ　り　の
デコボコ道
そうした世間を足で踏みしめる
火宅三界の世相こそ
まさしく人の歩むに無情な山河の道だ
燃える業火の世間という虚飾の顔よ　そこには
人を傷つけ人を嘲笑い人を罵り
あるいは褒めあげ　引きずりおろして

顔をあげ
世間をみてみろ冷静な眼で
火宅の世はデコボコどころかギザギザにささくれ
悲嘆のうずまく人生を背負い
そ　こ　に　苦痛を吐く人のさけびもあろう

そして知れ世相というものの傷をうけ
心や身の痛みをおもく知ることを……
自らの生（しょう）をかえりみるふかい溜息のことを……
そこに認識する感情や足の眼の大事な作用として
人の性（さが）を生きる山あり谷あり　茨　あ　り　の
われらの火宅の歩みの道よ
人はそうした《足の眼》によって経験されるものだ
ふてくさるな　ふてくさるな
経験という無常を身にまといつつも
生きてゆかねばならぬ人生だ
苦痛や悲嘆があるからこそ思念を背負う
《人世哲学》もうまれるもんだよ
生きている痛みもやわらぐわれらの哲学となって

足の眼を地につけ
われらという人よ一歩　一　歩　す　す　め
傷をつけられ
あるいは傷をつけても
人の世の人生峠を往く人よ

山あり谷あり茨ありの道に
痛みという心と身を感受するのも
人生のありようのくらいの姿だ
人生のありようのくらいの態度だ

自らの《足の眼》の痛みの一生であろうとも

《足の眼》の風雪

人の世を生きてゆくということは
風雪流浪のなみだをぶらさげるということだ
わたしの出自した津軽の田園という風土は

じんせいという響音(ひびき)の津軽三味線のごとく
散華する
わたしは心のレンズを拡大して津軽をうかべる
想念のなかに　思念のなかに
幻と化した追憶の影絵となって

つがるという風土に育(はぐく)まれたひとときの
明日への暮らしを心配しつつ

人の世を歩むという
喜・怒・哀・楽の人生の酒を呑む感情よ

人の世の酒よ　そ　の　風　雪　よ
風雪の酒よ　そ　の　人　の　世　よ
ひとときの歳月に風雪は過ぎ去り
輪廻のごとくまたやってくるであろう
だがわたしを生育した忘れえぬ自存への風雪の笑み

消しえぬ結節の風土の四季ごころ
風雪をうけいれ共有してきた幻化の眼となって

眼をつむれば
〈追憶〉と〈幻化〉のからみあった風雪の道
自らの心耳に聴こえてくる足跡の音たち
自歩自行して回帰してくる遠い津軽の結節の想いよ
人は自らの風雪を引きずらねばならぬ運命もある
人は自らの生存をかけて闘わねばならぬこともある
人の世の有漏(なやみ)を巻いた抒情の胸臆に問うこともある

消してはならぬ生き様の音色の風雪として
生存の足で鳴らした感性は自らの眼となり消えない

（二〇一三年九月下旬夜長の虫の音を耳に稿なる）

《足の眼》で踏む感性

〈人間とは何かと聞かれたら「感性を持った生き物である」と答えたい。〉* 日野原重明

死をさまよう病になってみると
風にゆれる木々や葉っぱのうごきも美しくうれしい
それをじっと眼にする病院の窓への感謝の感性
その救われたようなやさしさへの感謝の感性
風光となる静かないのちへの感謝の感性
苦しみや悲しみを背負って思念する感性も
またそこに人を成長させるものであろう

すなわち血と肉から伝わる感性
心と精神のありようをひく感性
自らの身体をつつみ思索する感性
歩いて行く足のもつ行動の感性
そういう生きる実生活の姿からくる感性こそ
生きることへの呼応のふかさの感性なのだ

自らの思念の力や継続する力の作用こそ感受性の小径(こみち)
そう自受するアンテナを張り
生きることへの呼応する感覚の感情こそ感性なのだ
そうした生活の絡めから人としての出会いや経験に
大切な人としての感性がつつまれうまれているのだ
大事で尊い人としての感情のありようにこそ
自らの呼応せし心の豊かさにめぐり会うのだろう
そこに内在された人生としての感性のめぐり合わせよ

思いやりの精神を抱き歩む寸前の足の眼
現実を歩む人たちの足の踏む音にこそ出合いの感性だ
そこにはまた人びとを再生させる足の持つ感性もある
それが《足の眼》という感性の尊さで力の美しさ
それを受持する精神をぶらさげろ
それを捉える《足の眼》の巻線を背負へ
そこにこそ人を成長させ自らの哲学となる感性がある
それへの成長させる出会いをわれらは内在感性しよう

＊引用の言葉は日野原重明『いのちの言葉』（春秋社）に拠る。日本初の独立型ホスピスの創設や聖路加看護大学学長、聖路加病院理事長として活躍。日本の文化功労者及び文化勲章受章者。著書も二百冊以上あるといわれる。

万華鏡

あらおもしろそうな万華鏡
わたしの手もとにある
貧弱でやすものの万華鏡
これは女房がつい数日前に買ってきたもの

わたしは安らぐこころのように
つい手にとり
目にあててゆっくり回す
おもしろく変化し
うつろう展開の色彩をうむ万の華の鏡の人工美
そこには計算されぬやさしさとぬくもりがあり
不思議にほほえむ万華鏡のみりょく
ささやかな心情飛翔のうれしさ
美はきらびやかに魔法の筒に舞って
計算された意識の万の面の華をうむ

変幻の感性と自在の人工のごとき美の創造よ
自然の美と対比する無心のやすらぎ精神
どちらも明るいほほえみをつつんで
万の華の美学をうまん
美を美としてほこり　み　だ　れ　ず
われらを悦ばす

幻化のなかの万の華のたんじょう
あるいは転じて化する人工のもつ美しさの命
明るくくるくる　ふつふつ　鏡の華手品
そこにほっとなごます美を見し目のすくいあれ
われらも人として無心のひとときの夢を乱舞しよう

　幻の万の華咲け人の夢

　瞬時の形うみつつ夢万華

人工美も天然の美も秘む癒し

感性の美しい波

○

感性は人生の根源ともなる美をもうむ
われらはつねに感性の心の波を回流させ
それを自らにみつめる
大事のひとつとしよう

○

ある意味ではそこに
その人の美を見し目から
その人の歩みとなす
心の音を知る事ができるであろう

○

感性という尊い
その人の生き様のみちを
たんたんとひとり往くであろう
感性の美というか　美の感性を同交させせつつ

○

感応せよ
感性という波は人間の真味（しんみ）の鼓動なのだ
それは人間の内在の
その人の往く人生の美しさでもあろう

（二〇一四年寒さにつつまれる師走の某日に）

感性のレンズ――人間共存の願いとして

人間にとって内面の大事となるものは
人間としての受けとる感性であろう
この感性があればこそ　わ　れ　ら　は
霊長たる万物の存在があるのであろう
ところがどうであろう
二十一世紀の合理を説く現代においても
エゴイズムや利益格差のために
あるいは宗教の名のもとに
テロリズムや戦争をくりかえし
荒さぶ世の中をうんでいる
愚かな世界にするためにか
あまりに愚かな地球にするためにか

愚かな世界や
愚かな地球をつくらず

人間の幸福につながる平和界の世にするには
エゴイズムや利益だけ追求の世界ではなく
《自然に帰れ》の人間感性の叫びが必要であろう
そうあの理性ある柔軟な
人間としての分別の感性として……
一つは思いやりの感性
二つはやさしさの感性
三つはいつくしみの感性
す　な　わ　ち　生きるための寛容と幸福へのために

ふかくしなやかに混じり合う感性
人間の自愛をよりあげ信頼かおる感性
そこにこそ
尊い輪の感性のさけびをしょう
そこにこそ
尊い和の感性のレンズをひろげよう
精神のふくよかな眼のレンズとして
人間よその思念を誓おう
そうした《感性》の豊かさにこそ

自分や他人をつつむおもいやりやいつくしむやさしさ
幸福への輪と和の自然に帰れのさけびがあろう
日常の自然心の感性をぶらさげて

その自然心のふかめる感性のためのレンズをみがこう
その自然心の必要をひろげるためのレンズをもとう
人間としての生きる存在の認識者として
人間としての愛する精神のレンズとして

竹林のささやき

竹には節がある
木にも枝のわかれのつけ根の部分に節がある
もっというなら
人間にも関節といわれるところがある
そういえば「節日（変わり日）」という言葉もある
さらに「苦節一〇年」という人生を節とみることも

竹の均一にととのった節のありように
竹のいのちのかたちづくられた姿があろう
「苦節〇〇年」
「苦節の人生」
などという心情のささやきも
竹の節の内包の見方の目でもあろうか

竹みずからと私たちみずから

凝視したり直視したりする感受性には
ゆたかな連想の風光のいのちと
どうどうと伸びている自意志の風景が
よく和（やわらぎ）のとうとさを見せ
風のさやかによく似合う

竹の節は
ささやきを内在し
そだつ竹の生長をしらしめる
それは人の生涯のように
いろんな変化や経験をからめながら
雨や風を通りこした豪雨や狂風　雪や猛暑に耐えて

それは自然のつつむ
くらいのありようをうみつつ節を形成
あるがままの真っすぐの竹の自立の位置をうむ
みずからの竹林の存在となって
しなやかでいやしの節の美をみせ

風光や風味の風景を示す　節の音をつれ

竹の節

竹の節は
その間隔を置いたいのちの大切さを暗示する節目だ
節にあるのは
そこの節と節の空間に
何がただよいなにがつめこまれているのか
それとも空（くう）そのものか
無という
無心の間隔であるというのか
それとも有という
有心の竹の思心があるからであろうか
いずれにせよ
《竹は竹であり》他の何物でもない
自然の摂理のなさしめる生命としての《竹の節》
いのちの風光のありようの竹の存在（スタイル）よ
竹の節をうみ美目（みめ）を与えてくれる風雅の音色よ

竹は無であり有であろうとも
竹として生きねばならぬ大自然の節の美学
この竹の無というか空というか
自立のたゆたう姿に
あるがままの無心の眼（まなこ）でさわり
〈打てば清澄な響きを発す〉と捉えた詩人の思念＊
そのような
竹へのふかさの感性の呼応さよ
いのちのささやく風と光のファンタジー憩うわが竹林

＊禅僧詩人亀谷健樹のエッセイ「竹」より引用の言葉。
『亀谷健樹詩禅集』所収。

人生の音

——人間の風景の捉え方として

世界は大きな夕焼けの襖
その向こうにどんな風景があるのか？　尾花仙朔*

われらという人間には
日常に暮らす消しえぬ音がある
それは
家族のあいさつの声であったり
子供の泣く音やケンカ
食卓や戸を閉めたり　自家用車のエンジン
家の中を歩く音
近所の人や親族がやってくる足の音
数えきれない万の音色や騒音
あるいは無明という闇につつまれている不安の音
日常の人間の心の音として
身近にからまり響鳴している有漏(うろ)の音もあり

それがわれらの
末期の眼ならぬ命終するまで
生きている暮らしの音として身に染みついている
そのように慣らされた人生の身近な命の音
あるいは必然のある雑音としてだ
それがわれらの生きている火宅の灯(あかし)の音であろう
身と心に背負い　首にぶらさげ
生まれた風土や風景に根づいていた音でもあろう
命はてるまで精神にうずく
人間としての
実相(あるがまま)の姿の音といえよう

風や雨　雷や山鳴り
海の波のうねりや川の流れの音
森林の枝や葉のさする自然の音たち
すべて生きる存在の命のささやきとして
自然音　人工音からの巻線(コイル)する音
そうした生き生かされる音色の記憶よ

暮らす襖のための人生音であることを
人間は人間の世に溶けこみ
苦悩や　悲しみありの
三界の現世で
助け合い共生する魂のひびきあう感性が大切なのだ
そのことを尊いことだと知見する明眼(みょうがん)よ

人間として
寛容というか譲りあう智慧の人生の音
人間としての音色としてだ
個の内在する音として捉えてこそ
生きてうまれる風景の郷愁の音なのかも知れない
だから　だから
そこに生き暮らした人びとには
美しくもあり厳しくもあり
生きてきたという
われらの人生音として消しえぬ習性となるのだろう
そうして〈當身の大事(とうしんのだいじ)〉思念の存在音となってだ

自らの大事や人間の大事として
いないなそれ以上の
人生の音としての幸福をまぜるために
人間は人間として問う耳や心を矜持しよう
人生の音という生きがいの音色にするには
その人自身の音を問い
耳という世間の動きの作用を聴くこともあろう
喜び　怒り　哀しみ　楽しむ
共に存在するための人生の音として
譲りあい助け合う　個のありようの音を敬愛し
夕焼けの自然回帰の美のためにも

人よ、人を呼応せる安らぎの音をだせ
人よ、人を思いやる慈しみの音をだせ

＊詩集『晩鐘』所収「時禱」より（思潮社　二〇一五年九月発行）。

真味の花

慈しむ風土や愛する風景に
四季の風光をつつみ
やさしさの似合う花を咲かすひとときの田園の
道よ
その花たちの
あるべき姿のあるがままの花を咲かせ
花としてのくらいの存在をはなとう
里山の人々に消しえぬ眼の景色をわすれぬように
花草木をめでるやすらぎには
花はふるさとの息吹く　こ　こ　ろ　の　花
田園の歩いた思い出の花になろう
　こころにうずく結節の花
　真味の花　い　の　ち　の　花　と　な　っ　て
花のいのち

真味のいのちはひとときに咲く
そして短いものだ　果　て　な　き　滅　び　に
老いたわたしは根なし草の旅人となり
ふるさとを遠くにし輾転と親の眠る風景をのぞむ
ときどき散歩する小径に咲く小さな花たち
路上の木であるさるすべりの花　夾竹桃　椿の花
さらには頭のなかの田畑のたんぽぽ　すみれ
山ゆり　野バラ　あざみ
　かれんな花たちよ野の在るがままの花たちよ
　心情のささやかな幻のやさしさの眼よ

海や山や川をわたり
水や風や光とともに街を明るくする花たちのありよう
やすらぎや自然の呼応を与えてくれる慈愛の花
過ぎ去る時間にも流れる思念にも

さからうごとく季節の姿となって咲く花の自立
人のありようのみずからを顧みずとも
自然のさだめの移ろいに

花は花として咲いてきた　あるがままの花として
風土や地形に咲いている実相をみせつつ　秘めて
いずれもわれは花の美をすなおに咲かせ
　なんのこだわりも見せず　出　さ　ず
　なんの手合いもなく花の存在として

あるがままの花たらんの姿で
ただ花のありようの慈しみとなって
花みずからの散るくらいを知るごとく
みずからの花のいのちを愛するおきてを感受
花びらや花頭に合わせ散りゆくタイミングの美
滅びよく美の幸せをつつんで
みずからの花を咲かす根に落としてゆく
そう還ってゆく根の大事さを察しているからであろう
花たちは落散することによって
またひとときのくらいに転じて咲く美のいのち
　くりかえすいのちの花の明るさと尊さをしめす
知ろう花は根にかえり、真味は土にとどまる理（ことわり）を＊

＊この言葉は鎌倉幕府の権力者と旧仏教の癒着を批判した鎌倉新仏教の日蓮の言説（ごんせつ）。『昭和定本日蓮聖人遺文』全四巻〈立正大学日蓮教学研究所編〉所収「報恩抄」より引用。「花は根にかえり、真味は土にとどまる」とある。真味とはまことの味、あるいはまことに咲いた花を意味か。真実の意。

続真味の花

わたしも
老いすぎぬうちに
ポトリと椿の花のごとく
おのれを命終したい
そうした一息の苦しみのない
や す ら ぎ へ の 「末期の眼」を
足下に
つねに視つめ
自然の妙味をふくむ土に還ってゆくことを
ささやかな生涯のねがいとしたい
自らの〈個〉という真味を生きぬくためにも
その生死の花 人 生 の 花 を
天然かおる風景の地にとどまらせたい
個を終える幸せのためにも
やすらぎの死のためにも

花が根にかえり真味も土に留まる風景をあこがれん
大いなる自然（つち）に還える
わたしの人生のありようの真味の滅する花となりたい
生死のねむれる涅槃墓へのやすらぎを夢幻しつつ
永遠の真味の花の咲く土とともに
わたしたちの生涯は
真味であろうが
無味であろうが
個の人生のとらえかたにあろう

自らの〈個〉の花はみずからの命の真味をもうむ
だから生きる中に末期の眼のありようをとらえようぜ

続続真味の花

花はただ無心に
咲きたい季節と条件がそろえば
何事もなかったように
固有のポーズの花姿をみせ美のありようを示す
　在るがままに
　咲くがままに
　散るがままに

それは地形や風土とよりそった
自然法爾（じねんほうに）*の風光の色（いのち）を放散していよう
自然のもつ力（エナジー）をたたえながら　た　ん　た　ん　と
在るがままにひととき　ひ　と　と　き
真味（まこと）の花の位置（くらい）をみせつつ
花の存在の美のうるわしさを滅してゆく
風光の無心を吹かせつつ
　花は花としての相をほこり

　花おのずからの相をちらし根にかえる
　花はおのずとおのれを咲かせ滅する美をもうむ
滅するために根にかえり
甦るために土にとどまり
根をあいし
土をいつくしみ
自然につつまれた法性（せつり）にまたひとときの花をうまん
掟の在るがままの花のくらいを形づくり
やすらぐ風光の花の姿とならん
いやす真味の花の姿とならん
在るがままの天然のなごます真実の花心をはなち

＊「自然法爾」は新村出編『広辞苑』によると仏典にある仏教語。他から何の力を加えられることなく、諸法のおのずからそうあること。真如。法性ともいわれる。自然の内在する法則すなわち掟ともいえようか。

〔追記〕真味（しんみ）の言葉は仏教者日蓮の著書『報恩抄』にある（『昭和定本　日蓮聖人遺文』全四巻　立正大学日蓮教学研究所編）。「花は根にかえり、真味は土にとどまる」が出典。

今、刑務所は老人ホームなのです

○

「金は高きに流れ、水は低きにながれる」
そんな格言（ことわざ）があるという
まさしく至言で金言そのものだ
その以って知るところの意味は
大きくいえば共産主義や資本主義
あるいは現実主義か理想主義かに関係なく
人の欲望としてのこころの作用として
金や水のながれの法則のごとく
現実と自然の必然の真実なのだ
それは古来
綿々と変わることなく
力ある者に貢物や金がながれ
力なき者には金品がながれない
けれど水だけは自然の原理として低きにながれるが

○

金はやはり力ある資本でひとつの真理（まこと）だ

○

そうした現実の社会というか
日常という世相の水のごときながれとして
或る時代のバブルを歩んだ人びとの　ど　こ　か
浮かれ顔の〈幸せ〉という物を
夢とし望みとした日々の笑み
しかし浮かれていたバブルの世の波が崩壊し
その血液である金が病み
なんの資本もない一般人の暮らしをすぼめてゆく
それに追い打ちをかけるように
リーマンショックなる破壊魔人がやってきて
世界の経済まで呑み込み狂わす　大津波となり
〈不況病〉なる連鎖をうんで

○

金はやはり金のある場所にながれ低き世相には水よ
そこには口に唱えるグローバルも夢か幻か

○

現今の金や水の回流には〈格差〉という貧困ばかり

高度成長時代やバブルの頃は
人も世相もどこか〈幸せ〉をねがう雰囲気だったが
昨今の老人は金の流れに浴せず
よぼよぼ冷えた貧困水の世を泳いでいる
そして嘆く金　金　が　欲　し　い　と
本能のつつむ苦悩の声のさけびよ
小さな幸せも消え金すべての命の変化の魔の社会よ
映り顕れるのは金幻道の金権信仰
老人の浅はかさはそこに万引きや障害（暴力）
とりかえしのつかない殺人をしたり
自らの老生の命を狂気にさらす
その余生を狂わすなかには
ひときわ悲しくつらい老々介護の事件もあり
地獄修羅への貧しい老いの日常の多い姿よ

○

なんぞ今や刑務所は老人ホームの住む場となりし

○

右を向いても　左を向いても
上を見ても　下を見ても
寂しそうな顔をする老人の格差貧富の火宅のホーム
でも　な　か　に　は
娑婆の世界よりも
喰うに困らない刑務所が良いという老人もいる
孤独でも仲間のいる変な連帯意識の刑務所ホーム
夢や幻の〈幸せ〉よりも
どこか現実に心配せぬ刑務所は老人のホームです
さまざまな異常社会のよろこびや
こまぎれに取り残されてゆく心の悲しみはどこへ
そうした世界主義（グローバリズム）のひずみの　金　金　金　の
〈格差社会〉の顕現のありようの吐息
金は高きにながれ低きにながれにくい流通の掟よ

○

知ろうぜ今の刑務所は弱き老人のホームなのです

○

社会と無縁の独居老人となり　あ　る　い　は
つかれ果てた老夫婦の巻線した生活心
余生の生きがいもなく苦と悩みの澱む水のながれ
それが今の社会の進んでいる格差の姿なのです

老人の貧困のゆがみは世相の映す影絵
哀しい鏡となり悲劇の涙をながさせるのです
だから　だ　か　ら
貧しさから到来する経済という金の力により
貧しき人は益々貧しく
こころの持つ精神まで貧しくなって
罪をつくり罰をうみ
老いて末期の眼も幻と消えてさまよう
金　金　金　金からうまれる流通経済の理屈
そこに社会は動き転化してゆく〈格差〉となり

○

長生きして老人ホームとなす刑務所こそあわれ

○

世の中や老いも若きも沫の夢
監獄の格差老人花ざかり　（石芯）

〈昨今の世相格差の哀しみより　二〇一六年八月お盆の日に。〉

心という器の舟

○

どんぶらこっこ
どんぶらこっこと
心という器の舟が川を下ってゆく
それも心の川という
心の持ちようによって変化する万華鏡のながれに
そこには
人という心の内発する
心の舟　器の舟となって
おのれの意思のありようというか
変遷のながれの川にあって
心という脆い器の舟となるからであろう

○

のんびりとゆったりした
川の水のながれに
心の内持の舟はゆるやかに

心の感性の器をゆるし
どんぶらこっこ
どんぶらこっこと
下流への想いをいだいて
けれどのんびりゆったりながれたいと希(ねが)う間に
いろいろな岩や石の激流や濁流
浅瀬や深い水位に
心の舟もおのれという器をつくり
それにつつまれ《心という器の舟》となり
水にそえつつどうにかながれてゆく

〇

ところどころに
散らばった里の家なみをみたり
心をゆったりとさせる風景を目にしながら
賑やかさと醜いものをうずまく
現実川という世のながれにゆれながら
心は自らの器に作用される舟をうみ
世相というながれの川に吸いよせられ
にがにがしく悩みながら翻弄されていくだろう

心という器の舟は
世相川の現実の水に汚れ
じょじょに染まってしまうであろう
どんぶらこっこ
どんぶらこっこと
安心や安全の心の舟となってながれてはいられない

〇

こうして心の器の舟は
両岸の変化にとんだ風景を
ゆったり目にすることなく
オーオーと安らぎの心情で川を下る余裕はない
目にする障害物や
水の恐さにつつまれながら
一寸法師のお椀ならぬ
くずれそうな心という器の舟となり
現実川という世相の水のながれに
おのれの地形という場所をつくれず
世相の器のながれにもまれ
心の器の舟は

自らの舵を取りながれに乗らねばならない

○

だから
心という器の舟は
オーオーとうろたえたり
両岸の風景にふっと救われたり
泣いたり　笑ったりの心情で街へながれ
人びとの住居に灯火しようと近づいてゆく
そう人の心はいろいろな複雑さのなかにあり
小さく弱い笹舟のような存在でもあろう
それがゆえに世の川のながれには
時間をあまり要せずに呑みこまれて
どんぶらこっこ
どんぶらこっこと
能天気にながれる川ではない
でしゃばる岩や石ころ
意地悪なノイズや自我（エゴ）特出があふれる所でもある

○

おおそこにこそ
《心という器の舟》はもろい
悩みをうみ苦しみを身にまとう　心　の　舟　は
あっという間に現実にもまれ
あるいは沈没し消しさられてしまう
時代という急流の川には
どんぶらこっこ
どんぶらこっこと
のんびりゆったりする空間はみつからず
とどまる場所の狭くせわしない
格差や争いのもととなる差別のながれる川
いじめの尽きぬ世のふきだまりよ

○

心という安心の風景に
いやされねばならぬかつての長閑な川に
心という器の舟は乗りきってながれず
変遷して幻と化す現実の地形の世のうごきの悲しみ
住みにくく
自在になりにくい現実の世の中のながれ
どんぶらこっこ

どんぶらこっこと
一寸法師のお椀や笹舟となってたどり着く
到来の世相の川の風景や地形の安住を
《心という器の舟》の夢にうかべて

○

だから《心という器の舟》は変容し壊れやすい

〈どこか変遷する世界、格差やいじめの自殺が絶えぬ、
二〇一六年晩秋の某日にひとり思念して〉

安穏な風景論

われらは人としての感性の眼から
天与の旅情ある風景をとらえ眺望できることは
自然の抱く安らぎと穏やかさを調合（ミックス）した風土の美だ
それは人としての慧眼から生じる安穏（あんのん）の世界
時代と空間をこえた風と光の法爾（ほうに）の風景よ

そこには決して静寂さだけをもとめた
孤独や孤立をこのみ笑みする位置（くらい）の場所ではない

風景が風景を転化し安らぐ穏やかな生命のささやき
人としての呼応する幸せへの願いの内なる声
それらに信をかたって受けとり
自らに生きることの　生　か　さ　れ　る　相　の
無心のよろこびの眼目たる風景を大事となそう

風景のあるがままの立場の慈しむ愛よ
吹く風よ　射す光よ　降る雨の自然順応の花草木

眼のこころにやさしく感受される地形の風景観
眼に見えない要素の語らいを告げてくれる風景論
息づくわれらの風光となっての安穏の美目(みめ)よ
素直さと救いの風景をうみ見せてくれる浄土の夢
その位置に帰り安穏を巡る平和の眼を大事となそう

われらよ人よ自らの内なる眼を転化しよう
安らぎと穏やかさのひとときの暗示に入る風景夢に

自らの安穏の心情には
他者をも迎え共に眺め望む思いやりを矜持しよう
自者の感性の風景のかがやきを静かに語り
他者の感性の風景の眼をも尊しする風景論をうもう
風と光の幻想の美を見し到来の安穏を希(ねが)い

――知ろう人の生きがいの力とは無心の風景にあり

――自他をこえた安穏を凝視し論じ合える風景なり

風景を風光となす目のことば

感性を慧眼(えがん)でつつむ詩人たれ

〈二〇一七年桜の季節に影射す不安な昨今の世の風景論に〉

格差社会の海

○

おれたち庶民の社会では
その時というか　その生きる世相の動きによって
変化したり　転化したり
左がかったり　右がかったり
人間(ひと)としての移り変わりがあるものである
そしてまた
そこに生ずる社会の捩じれや繰り返しをする
人間としての迎合の性格を背負い
いやいやちがう　ち　が　う　の　だ
時代という生き物の吐くエネルギーの郷愁と
現実に吐く息の生活の格差や苦労に振りまわされて
自らの満足の価値観を否定され
破壊されて失ってゆかざるをえない世相の嘆き唄よ
知れなんの生活苦も味わったことのない
能面権力者の口達者な偽善面の右傾者よ
能面でかえすその顔心には
大衆たちの迎合の心を利用し
《格差》の旨味をなつかしむいつか来た道へ誘導
平和憲法を改定し大日本主義への幻想を演出し
現実の時間を嘆く格差の批判を無力化しほほ笑む
格差の悪夢をよろこび
迎合する大衆のさけびを逆手に取れ　う　ま　く

○

おおその嘆きの声を吸収するように
柔和(ソフト)な口舌で格差を大幻想主義のいつかの郷愁へ
そこに「格差」をうまく再生言説し
右へ人心を操舵する大日本主義の幻化者よ
幻化した時代をなつかしむ権力人の錯誤感覚の心よ
そこはまた大衆の口を封じ
物を言えぬ心情を縛り付け　自　由　無　力　へ
時代という生き物は
存在する自由の精神さえ知らず知らずの時間に均す
恐怖の社会の感情を一色に染めようとする無格差に
《格差》とは地位や財産などの利益だけにではなく

最も恐ろしいのは精神を転化させる無格差への観念
われらよ知れ過去に還るあこがれの虹色への恐れ
あまりに強い郷愁の時代回帰には
悲しみの繰り返す真実の格差がひそんでいる
そのことを知ろう
最悪の格差ということを
格差には正規非正規の仕事や災害による出現もある
いろいろな立場と場所により生ずる格差もあろう
けれど時代人心の自由の精神を圧殺し苦しめる
幻想主義へ回帰し横行する格差社会の海への悲劇よ

風色はどこへ

〈序としての詩〉
風の色と書いて〈風色（ふうしょく）〉*という。
風景　景色　風光　眺め
または風もよう　天候などの意をもつ。
そういう風景というか景色は
われらの願いとしては穏やかであってほしい。
そうした平和な風景が風光という四季のいのちの
地球となるこそ
われら人びとの希望（のぞみ）でもあろう。

○

吹く風の色は
われらの眼には見えないが
耳や口・鼻・身・心・には触れ
つつむ流れや方向のありようは知れよう
自然の内なる穏やかさを感覚する

そうした平穏で平和な暗示をさわやかなように
感性にうずかせる風景こそ
われら人としての景色平和の祈りであろう

○

そこで知ろう
風の吹く季節の色というか　さ　わ　や　か　さ　に
風土や地形にあるのどかさが
生活する人びとの安らぎの姿であり
幸福をよぶ景色の光彩でありえることを
争いや憎みあう日常ではなく
正直で素直な暮らしの風情がうかぶであろう
そんなのんびりした風色への願いよ
そんな安定の眺められる風光のささやきよ

○

そうした穏やかな眺めの　風　景　に　も
ご都合主義者のあくどい人たちにより
軽く口車にのせられ
金もうけや利権をねらうホクホク懐に踊らされ
いつの間にやら逆さまな暗い環境の地形の風景
安らぐことへの景色をうばうことは
魔障ふかき心中でペロリと舌をだす偽善者の仮面
風色という風景や眺めの意味の熟語ではなく
風蝕というしだいにそこなわれてゆく世相を狂わす

○

偽善主義者の思う壺になり　そ　こ　に
歪み淀んだ阿諛（あゆ）の気風がひろまれば
これを利用しようとする権力者や政治家はいるものだ
利権や懐古時代の幻想に能面の笑みを刻んでゆく
復古調の声を出し　美　し　き　国　の　幻　に
右へ右へ吹く風の音のように
鳴らしつつ演出し　旨みだけを吸う能面魔
独りよがりの権力欲に酔う幻想主義人間よ
そうして穏やかで安らぎある風景風光を消滅させる

○

哀しき独善者のかたらい
恐ろしき独裁者の心奥の命令よ
「風色」ならぬ「風蝕」をこのむ人間として
美しき風景を大事にする庶民をまどわすな

思考停止の人びとをつくりあげるな
それがやがて
不安な風景をうむようになり暗黒な風土となして
に　ご　れ　る　景色と変わる風向きの世となすのだ
だから物言えぬ見えにくい風景の世相をつくらせるな

○

それゆえに自由批評の精神を
つねに身に吹く風や
住む風景や風光に捉え平和の声としてさけぼう

〈身近な「テロ等準備罪」すなわち「共謀罪」なる法案や、
阿諛につながる忖度（そんたく）が問題となった二〇一七年某日。〉

＊新村出編『広辞苑』に拠る。

小さいが広く深く

わたしの身体は小さいが
世間という社会は狭いようだが広く
大地山河は多くの生命を蠢（うごめ）かして　広　く
海もまた広く深く神秘で
魚貝たちの泳ぎや欠伸（あくび）を見せて住んでいる
空はもっと広く天空の名の下におおわれている
宇宙はもっともっと広く
どこまでも続くその　無　限　軌　道

広い世の中や山河や海の底には
いろいろな生命やまだ見知らぬ世界が
深くつつまれながら呼吸をして
た　と　え　ば　身近な眼に見えぬ空気や風や
太陽は気の遠くなる彼方から
広大無辺（むへん）の慈愛のこころで

大地に光りや温かさの大きな　恵　み　を　与　え
なかよく生命あるものの共存を
自然という世界をも飲みこんだ
宇宙という鼓動だ
無限大の広さ深さを形成し
これらを抱きしめているともいえよう

われら人間は
なんと世の中や大地や海
天空や宇宙にくらべ小さいことであろう
ま　し　て　境界線すらない天空世界を
彼方の彼方のはるかに届かぬ広大無辺の境地に知ろう
無心にただただ驚き頷くしかない
天と地の打つ脈拍の伝達よ　だからその空間を
素直に　真面目に　真剣に　感応し捉えよう

われらの眼前の大地や海や　世　の　中　で
齷齪(あくせく)せず　焦らず
小さな人間としての考える力をもって

〈広さ深さ〉の無辺広大の存在のあることを認識して
知性と感情のアンテナを身につけて
小さいが広く深く
自らの胸臆に呼応しようよ！

続　小さいが広く深く

広さ深さの中には
ただひとつ誇りとする人間の知恵と　そ　れ　を
育み前進を大事として往けば
大地や海や天空に引けをとらぬ
胸中の広さや深さをうむ慧眼となろう
だ　か　ら　小さな人間には
創造を身につける鋭敏な感性が必要かも知れない
それゆえ〈考える葦〉の進化の大切さを尊ぼう

人間の誇りとする知識ある見識と語る互恵を背負い

人間よ聞け　そして知ろう
そこには広く深く無辺なる思考の力がひそんでいよう
そうした哲学や科学のありようを進歩させ
世の中や　大地や　海や　天空の広さにも劣らぬ

広さと深さを把握し　共　有　し　た　い
小さな人間としてのすぐれた世界があることを信じて
そうした小さな人間
あるいは人類の生き延びる知性と勇気から
心の広さと精神の深さを
小さな身にあることを認識し　自　覚　し　よ　う

《小さいが広く
《小さいが深く

天地のくらいと宇宙をつつんだわれら人間の意思の
頭脳のなせる　産もうとする世界の
広さ深さを知ろう
安らぎや穏やかさの願う小さな身のわれらに

人間としての感性を愛し世界をおおう天空まで響け

死の顔づくり

死の顔づくりという
どこか哀しさと暗さをただよわす　あ　ま　り
気にされぬ予感がうかぶ
そうしたインパクトも与える
〈死の顔づくり〉のことばには
ど　こ　か　生気が抜けているような空気があろう

でも　そうじゃないんだ
そこにはさぁ真面目に昇華しようとする
見えない内側の
自らの陰影がつつまれているものなんだ
つまりはだ
自らを自らと考え、認識しようとのなかに
生きるということを　生　と　死　の
自らとして把らえようとするところに

生のなかに死をみつめ
死のなかに生を見つめ
生死一如の現実(リアル)な人間跫音のひびきを知ろう

換言すれば
人間の事実に背負う
しのびよる死への一時一刻の生存への妙音
自らの形容せねばならぬ
「死　の　顔　づ　く　り」の一体となって
体まがれば影ななめなりのたとえの理由(ことわり)

言わずと知れた生と死を握り
おお音も無く操られる人形の顔では悲哀そのもの
生きている証明(あかし)の《顔》となって往こう――
人よ　君よ　お前よ　そ　こ　に

〈死の顔づくり〉を愛せ！

（二〇一八年一月二八日稿）

続　死の顔づくり

死の顔づくり
死の顔づくり　三顧の礼！
死の顔づくり
どこか呪文のような恐ろしさの三顧だが
その真逆の今日的な暗示？
ちっとも恐怖のない　そ　れ　ど　こ　ろ　か
自らを知り　見つめて　生きる喜悦への唱題として
人の暮らしの喜怒哀楽のため
生きてきたし死して往こうとする世の日常の
生を形づくる明日への人生の顔
やがて郷愁の生と死をかえりみせる
恥じぬ人としての末期の眼よ
　その人間の姿の
　山あり谷ありの往還の流離
どこかあやうい風景幻想

《死の顔》を残そう　人の生きた美学として

（二〇一八年一月下旬ボロ屋の住宅にて）

＊津軽出身の作家、太宰治のさけんだ言葉。

そこには
消え失せそうな悔いなし悔いありの
自らの顔づくり　あ　る　が　ま　ま　に
つながる〈死の顔づくり〉への生即死の成す一里塚

人生風景それぞれの
春　夏　秋　冬　四季回帰の風雪の遠雷よ
だから大事にしよう生きることへの顔と死への顔を

君よ知ろう　人たちよ知ろう
生きるも死ぬも表裏一体の生き様の往来模様
君のバイバイの別れのことば

後悔なきや「さよならだけが人生だ」＊の
「死　の　か　お　づ　く　り」の美しき陰影を――

それゆえに生をつらぬくための

続続　死の顔づくり

死への顔づくりこそ
天から鳴らす甘露のひびきとして聴け
そこには如意とする
自らの生きねばならぬ大切なよろこびがあろう
だから三〇にして立つ真味の大人として
自立自顔の内在する
現実（リアル）としての〈死の顔づくり〉を身近にしよう
「死　の　顔　つ　く　り」の六根の衣裳たる
健気な飾りとしようよ――

人の生き死には　お　の　れ　の
生死観を打ち鳴らす
水先案内人の役目も投げかけられているものだ
人生航路の生からの死の顔づくりの流れとして
だから一時（ひととき）には〈死の顔づくり〉の飾りよりも
偽善や仮面の盲信を生むこともあろう
いわゆる粉飾生死の影絵的な存在の虚しさとなって
それも生きねばならぬ世間への
生の顔づくりをつくろうとの演出からか！

でも　でも
どうしても誤魔化せない大事で尊い
ひとつの顔があろう
真実の歩みをなしてのもう一つの尊い顔たち
最後の救いの《顔》ともなるであろう
おまえ自らの、死の、顔としての形成よ――

だからこそ　それゆえにこその
後悔を入り込ませぬ
もう一面のぶらさげるべき
〈死の顔づくり〉の振り子の音を出す
人生としての影となって寄り添う顔よ
ひとり往くの真実の姿となそう
悔いなき自らの死の顔づくり笑みを残し

生涯としての一途のレールを歩もう　なればこそ
死の顔づくりをもってさよならの人生を豊かにしよう

〈二〇一八年一月の寒波の日に記す〉

やすらぎの夕映えに

〈二〇一八年四月二十三日〈月曜日〉柳三「日記」38ノートより〉

マンネリ心情をピリリとさせろ
死の顔づくりをうかべ
さらに重ね折りの
〈生〉と〈死〉の景色をみつめよう
自らの歩いて来た姿と思念をさけび
そ　こ　に　閉じ込め
絡みつづけている喜怒哀楽の《万華鏡》
自らの運命のごとき声よ
そのレールを走るかすかな希望色の人生の夕映え
往け　往こう　現在の居場所の生の音をだして
あるがままに　生きるがために
自らをみつめ
生きて死す
人生の実相のやすらぎを――
[自然法爾（じねんほうに）] の精神の彼方へをもとめて

そのやすらぎの美学にほほえ微笑むポエジー
［生きるも一回だ］
［死ぬるも一回だ］

マンネリ心情をピリリとさせろ

《死の顔づくり》のやすらぎの夕映えに――

＊［自然法爾］とは仏教用語で、天然（自然）であること。本来そうであること。他から何の力を加えられることなく、諸法のおのずからそうあること。真如。法性（ほっしょう）。（新村出編『広辞苑』）。

3　當身の大事

不可思議
——生命の力のつつんでいるもの

生命（いのち）とは古来不可思議なものをうむ
生きようとしても
生きられない人
生きられないと思っていた人が
どういう風の吹きまわしか生命を　の　ば　し
のほほんと生きている。

そこには善悪も正直も嘘も連鎖しない
《生命の業》があるのだろう
そのいのちのごうの力にひきよせられる人は
血の引力が生命となって復興するのだ

「不　可　思　議　？」
という言葉のなかに

生命は目に見えぬ心情風景のうごきに敏感だ
それを呼応した《生命の業》は経済力欲望や
地位ある名誉欲の虚しさに再生再起はしない
自然のつつむ力のやさしさと
個の願う生命内在の慈しみがあるから
生命力のふかさが　そ　こ　に　あ　る

生命というごめく
大いなる風光の慈しむ風景が出現し
不可思議な明るさとなって　力　と　な　り
生命音（せいめいおん）としてあるからであろう
人間の感性をこえた
生命海の引力の海潮音のごとく

おお聴けよ
生命の不可思議の業の音を

おお聴けよ
生命の不可思議の尊さの音を
この言葉しかいえようのないのが
《生命の力》といいたい

　不思議なるいのちの転化ふかき音（ね）や　（石芯）

時の耳と問い

時のしからしむ声を気にしよう
その声をさらに内なる耳に聞こう
その声をさらに心にやきつけよう
そしてその声を時の人びとの悲嘆として捉えよう
そしてその声を現代のさけびとして聴聞しろ

真面目に
耳と心を澄ませ
ときには沈黙する石の堅固さで
素直に真実の流露する歴史（とき）の記憶の声に
ふかい耳をかたむけてみることも必要だ

いないな
聴聞するだけではなく
真剣に時の内在する重いメッセージとして

耳と心にからむ転化として
人の背負う大事な感性のさけび声として止揚することだ

時という時代にほんろうされる
われら大衆の苦悩として
そこに生存し生きる力をえるために
われらが時の存在作用の生きる問いの耳として
大事當身の生き方を思念者としてさぐれ

〈荒れる世界や時代観を省察して〉

気魄

評論でも
詩でも
小説でも
言葉を駆使して書く作品は
たのしいこともあるのだが　と　き　に　は
苦痛をともなって嘆(なげ)くような姿で
「書く」ことの方が多いと思う
そこには精神の集中と
澄んだ沈黙の感情と
やせた葛藤の影のさけびがうずき
つ　つ　ま　れ　て　い　る
言葉のふくむ深層の魔の感受には
喜怒哀楽の人性(にんしょう)の汗雨がふりそそぎ
う　ま　れ　る　も　の　さ
だから生きるための　生きているための

内なる存在の音声（ことば）がうまれるのだろう
そのことが
《言葉》をあやつる
自らの役目というか
独り往く犀（さい）の道と　も　な　る　の　だ
そうであればこそ《言葉》も
生身の影を背負うのだろう
「物を書くとは」
そういう陰影の電磁波を表出することだ
思念された心耳（しんじ）の風景をみつめ
遠い声　近い声　と　し　て　と　ら　え
風や光にまぶし放散させることであろう
だからこそ　そ　こ　に
「言葉の感性」
「精神（こころ）の感性」＞と　し　て　の
《気魄》が大切になるのさ
言葉をあやつるとは
生きている心耳の感情を
生　き　る　こ　と　だ
沈黙している言葉を　う　む　こ　と　だ
生　か　す　こ　と　だ　そのことを身に知り
計らいの眼を感応し感受しよう

（平成二十年春分の日の暖かさを身に感じながら、千葉市にて）

〔追記〕この「気魄」の詩は「コールサック」五八号（二〇〇七年）のエッセイ、「わが内景詩集『晩秋雨』を出版して」の文章に出ているもので、後に拙著詩論集『時の耳と愛語の詩想』（コールサック社　二〇一一年）に所収したもの。独立した私の詩集には入っていないので今回、その詩を分離独立の一篇としたものです。

野薊の姿勢

葉も刺もこころには似ぬ薊かな　俳諧『文星観』

春は到来した　ふ　か　く
明るい薫りをつれ
おだやかな風光をるんるんうんで
ながれる小川
あの里山の野原や
その土手のあちらこちらに
すみれやれんげの小さな空間に
そ　れ　に　あいさつする黄頭のたんぽぽの対話
名の知らぬ草々たち

そのなかで
背丈〇・八メートルほどの
若さでキリリとした緑色ゆたかな野薊(のあざみ)の姿
ギザギザの天性でどこか質素な刺(とげ)の葉をつけ
謙虚なような頭花と
意思のつよい主張をただよわせ
野の里の共同に幻かの風景を呼んで
われは在り　こ　こ　に　在　り　を　示　す
野あざみのぶらさげる堅固な刺のうちなる悲しみを
庶民のもつ正義の衣匠をやさしさとした野の花

共存のやさしさのこころの願いを秘める
咲くことの天性の息吹き
咲かすことの天性の息吹きのこの花　野あざみたち
淡紫色の個性の花弁のひとつひとつ
独歩　独行　独立　を　た　た　え　る
意思を天にむけかたりかける孤高の愁えの枝葉よ
独り刺の悲しみをときはなち
独り自我の悩みをはからい
あるがままの天性自然の姿勢をうまん
われら野あざみの内なる苦悩のやさしさを

うんで咲く淡紫の頭花の一生よ
その愁えむほほえみを溶かす幻のような風光と風景
つつまれるように隠された幻影のくらい
そのひとときの尊さと美しさ
耐えて　忍んで　笑って
雨ニモ負ケズ
風ニモ負ケズ
春の到来を感情でうけ
庶民の意思の幸福（しあわせ）を眼底によみがえらす野の花の美よ

そこには野あざみの
凛として咲く孤愁精神の悲しみもながれている
同じバラ科のバラの自己中心の刺の自我主張よりも
人工都市の創造（つくられ）た貴公子然としたバラ色よりも
田園（いなか）の在野のつつましさを回帰した
本当のほんとうの野あざみがいい
天から欲する愁えを放散（ほうさん）する野の薊がいい
野という原野修羅に溶けこむ自浄独行の美のゆえに
そこに開花する慈しみの自存の花たちとして

野あざみは孤高のふかさ秘して咲き
薊ひむ刺の愁いは春によし

駄句二つ　（石芯）

〈平成二十五年春ふかし某日、近くの散歩道にて詩想。〉

人生のレンズ

眼が悪い人には
眼に合うレンズが必要なように
人の心に内在する思考には
人の問う精神の血脈が大切になってくるであろう
そう捉えてわたしは思念と対峙している

それは
人の背負う当り前の思念認識でふかくするような
人生の喜怒哀楽を大切にすることでもあろう
生まれた幼児のころからの感性の要素を
はぐくむエネルギーとして

少しでもそうした内在のレンズを
拡大し燃焼させて
感受性のうまれる幼児の首にかけよう

必要で尊い血肉の流露として
その呼応のありようを教えてあげよう

やさしさの意思の
なによりも問う思考の
人として育つ心情をうるおすためにも
末代幼児の幸せとなる
人生のレンズを負わせてやろう

そこで問う
「人生のレンズ」とは何ぞや
答えて曰く
「人生のレンズ」とは自らの有する心の感情に
自らの存在する生を心のレンズで拡げ
燃焼させながら転じて化する心さ
「つまり内在して問う必要性だ」
わかったかな

育てるということと　ま　た

自らのありようを感情認識して
その思念レンズと
その生命レンズで
さらに命脈し往還してゆく人生の
呼応と感性の豊かさの人生観として
自らの精神を巻線し
生きるという命終(みょうじゅう)の問うレンズとなすために

もっとはっきりいえば
問う思考のレンズ　す　な　わ　ち
感性をふかめる
こころのレンズの炎として　そ　し　て
もうひとつ重ねるならば
独行の思考人として
大切な人間の心音をひびかせる灯火のレンズとなして
そこに胸臆レンズを拡げ生きてゆく力のために

〈二〇一四年、駆けめぐる馬となっての正月に。〉

《足の眼》の哲学

――われら庶民のこころを包んで

庶民の皆さま
皆さまの生きる日常平凡での哲学というものは
思惟難題で立ち止る哲学である必要はないであろう
暗いよりは明るい笑顔のやさしさのある哲学がいい
われら庶民は教養や学問よりは
生活している日常にあくせくして
喜びや怒り　哀しみや楽しみを主体にする
われら大衆といわれる庶民の　日　常　哲　学　が
必要で身近なものなんだ
ではそうした
日常を過ごす平凡な哲学とは何ぞや
否、否、否、そのような高飛車ないいかたではなく
「平凡な哲学とは何ですか」
なかなか質問する態度がよろしい
それでは教えてあげよう　そ　れ　は　なぁ

「大衆たる庶民が生きるための実用哲学じゃ」

「実用哲学だと」

アメリカで生まれた現実的なプラグマティズムか
日本でいえば福沢諭吉につながる実学流哲学？

まあそんなことは庶民にとっては大した問題でない

それよりもだ
実用も実学も庶民にあって生活向上や人権向上の
リアリズムに生まれた豊かな人間実用哲学
実用主義の哲学は現実性からの思念だ
近現代にも流れている民主主義精神に通底する
言論や思想を唱え実践した石橋湛山の思想哲学だ
そうそうなのだ
人間が生きていく往くため　の　そ　れ　も
われら庶民が平和に暮らす権利のためにも
実用主義(プラグマティズム)は時代を超えて大事なのかも知れない
われら平凡な人びとのために　つまり庶民のために
むろん語るまでもなく

いろんな主義主張の思想や哲学は腐るほどある
たとえば学術的なカントの観念論ショーペンハウイルの
厭世哲学　ニーチェのデオニッソス的実存哲学　デカ
ルトの認識論　ヘーゲルの弁証法　さらにはマルクス
の唯物史観　ハイデッカーの実存哲学やサルトルの哲
学など　な　ど
もう少し付言すれば
仏教哲学　東洋哲学　ギリシャ哲学　西欧哲学　宗教哲
学などまさに　哲　学　花　ざ　か　り

なになに日本にも独自性のある哲学があるぞ
近代日本の生んだ思索のふかさがある有名な哲学さ
そう西田幾多郎博士のあの『善の研究』じゃ
戦前や戦後直後に学生や知識人に影響を与えた学問
わが邦(くに)の『善の研究』の哲学じゃ
その金字塔ともいえる西田哲学の著作よ
京都大学教授であった西田先生の足跡を遺した哲学
その西田博士のエピソードを一つ
それは西田博士が善の研究に没頭し苦しむときは

「額から脂汗をながし、思索した」という話＊
真面目に素直に　真剣に思念する博士の姿がみえる

一途の学問に励む哲学者の呼応精神が聴こえよう
額から脂汗の呻吟も感受できよう
わたしのようなぼんくら頭では
汗も出ず　感受もできず　理解もできない西田哲学
けれどけれどじゃ

この西田幾太郎門下から輩出した俊秀の弟子たち
その門下生の代表学者といわれる西谷啓治　高坂正顕（こうさかまさあき）
　高山岩男（こうやまいわお）　鈴木成高（しげたか）の博士たち
これら門下生の活躍と流れを称しての「京都学派」
『善の研究』と名づけた日本独特の人生哲学
そのアカデミズムの学問の世界よ
それらとは別の道の足の眼の歩みから生まれる
われら庶民の哲学　いわゆる「庶民派哲学」の光よ
現実の暮らしの生命をさけぶがごとき
身近な声する〔雑草＝庶民〕の思念哲学よ
耐えるこころを必要とする忍耐哲学・雑草哲学の愛

おおこうした慈愛のすぐ役立つ知恵の哲学こそ
われら大衆といわれる庶民の背負う考え方
《足の眼》として証明する歩みの哲学はここにある
現実の眼の哲学コイルはここにあろう
庶民の声のある下街のおでん屋台の〔おでん屋台学派〕
　さらに出稼ぎによる〔石焼いも学派〕のあつあつあつほく
　　ほく人情流の哲学……

難問難解で学問の世界を往く高尚哲学よ
アカデミズムの哲学の道で
静寂とふかい思惟のなかでますます発芽をねがわん
われらが庶民派の雑草のごとき哲学や思念は
生きるためのリアリズムに転化して
世相や世代を伝脈しつつ回帰して往くであろう
われら火宅三界の大海生死に足跡をつける
庶民といわれる哲学には
こころの底からの喜怒哀楽の哲学が必要であろう
庶民派の愛すべき実存の実践哲学こそは
われら庶民生活者の永遠の精神作用となろう

＊このエピソードは、何冊か読み所持している西田幾多郎を
論じた本の中にあった話。西田博士の真摯な精神が知れよう。

（平成二十六年八月十九日猛暑の中で稿なる）

ほくほく感性の味覚　《足の眼》の哲学

――石焼きいもにつつまれた小さな幸せに

人の一生とは山あり谷ありといわれるが
わたしもそうであると思う
仏典でも「三界（さんがい）は安きこと無く　猶（なお）、火宅の如し　衆苦（しゅく）
　は充満して　甚だ怖畏（ふい）すべく」＊と言説（ごんぜつ）されている
味のある言葉だ
長いようで短い人生というくらいの暮らしにあって
人というものはひとときの歩みに立つ風景をうむ
忘れられない　消しさられない
《ほくほく感性》を身にしみこませることもある
たとえば寒い冬のある日
新年のお参りにいった池上本門寺の五重塔のちかくで
軽トラックの石焼きいもを買って
小学生の二人の娘と家内の四人で食べた
ほくほくした石焼いもの美味よ
吐くような白い湯気と濃い黄金（こがね）の石焼いものミックスよ

美味ようまいよと
ふうふういいながら
凍える手でなでるように食った
われら庶民のほくほく石焼いも
身も心もひととき温もり
おいしかったと喜ぶ娘たち
小さなちいさな暮らしのほんの幻のような一コマ
石焼いもの記憶の美しさ
ほくほくした柔和なえみのやさしさ
そうしたひとときの家族の感性の絆こそ
消しえぬ眼のふかさの
ほくほく人生の尊さをつつむのであろう
生きるということは
そうしたことでもあろう

そうした結節の眼のありよう
そうした小さくても幸せな呼応よ　哲　学　よ
ほくほく哲学ともいえる身近な享受

そのような人としての感性をわたしは愛する
尊い感性　大事な感性
幸せを感受するこころのもつ不思議さ
愛せよ忘れるな
さような生きている足の眼で踏む跫音や
未来への到来の感性のうれしさは
ほくほくする石焼いも感性の美学だ
われら庶民の「石焼いも学派」の味覚の
ほくほく甘露の湧く内在のふかき心情性だ
生きるという跫音には
三界火宅の衆苦の暮らしの現実にあって
にじみでるほくほく感情の共感がからみつくのだろう
まこと地味をうむ消しえぬ感性の眼となって

＊大乗仏典『法華経』（上）（中）（下）坂本幸男・岩本裕訳注（岩波文庫）に拠る。尚、三界とは欲界（欲望の世界）、色界（つまり現実社会・自然界）、無識界（無意識や深層心理の世界）。

〈二〇一五年一月早々、テロリスト「イスラム」の事件のニュースが流れる二七日稿なる。〉

竹の子ニョキニョキ元気な《滋味菩薩》たちよ

春風そよそよ
竹林をゆする
昨日はしとしと雨がふり
今日は天から柔和(ソフト)な光がさし
春うららかなおだやかさ
ルンルン季節の薫りによばれ
竹林の地下茎は
数えるのも疲れるほどの子供をうみ
すくすくニョキニョキ地中で目覚め
竹の子族の誕生を祝う土の音
やがて地上に「今日わ」と竹の子めぐみの顔をだし
十二単(じゅうにひとえ)でおおわれたうぶ毛の皮の声をあげ
それは
地中から湧き出る地上への悦びのニョキニョキ姿

おのれの節をつくる大人の竹となるか
も し く は 天地(しぜん)から定められた
食卓の旬の《竹の子》となり
竹の子運命の相対の過程(プロセス)のはからい
季節をつつむ食欲の材料となり
われら人間族のひととき食卓滋味となって
食の彩りの幸せをみせてくれる
自然のもつ慈しみの 感 性 と
食べることへの業(ごう)をからめたわれら人間たちへの
味覚をうるおすほほ笑みの幸福(ハッピー)を想念させて

竹となるか
竹の子として食卓のよろこびとなるか
二つの相対する竹林の風景のもつ美しさよ
どちらの存在になっておのれの姿をみせようとも
そこには自然のくらいの竹としてのありよう
自然のはなつ誇りの摂理(おきて)にしたがって
春の声あぐ季節の食材となり 食 欲 と な り
われらの欲望の美味となる

《竹の子》は食べられる自然から与えられた
愛すべき滋味菩薩のエネルギーといえよう
地中から湧出(ゆうしゅつ)する慈悲の食物となって
われら人間のささやかな天与をうんでいるのであろう

だから人間よ　わ　れ　ら　よ
すなおな自然のめぐみへ
感謝と思いやりのこころを抱き
竹の子の食としての位置に思いをはせて
旬の春の息吹きにめぐりあうありがとうを知ろう
そこにこそ
われらは知らねばならない
季節の風光のいのちとなり
竹の子ニョキニョキ慈愛の食となって
旬のつつんでいる日常の幸せを自覚しよう
〈竹の子の天ぷら　竹の子のかつを節煮　竹の子の刺
身　はたまた竹の子ご飯の美味となり〉

〔注〕〔菩薩(ぼさつ)〕とは仏教用語で、『広辞苑』によると「菩提薩埵の略。覚有情と訳す」「大心を以て仏道に入り、菩提の悟を求める（自利）と共に衆生を化益(けやく)し（利他）、必ず仏果を成就すべき行者」とある。もっと分かりやすくいうならば、仏に次ぐ位(くらい)の者。すべての物が仏性(ぶっしょう)（悟りを開く種子）を内在し、慈悲のこころをうんで実相に入るという仏教の精神。仏典にはすべての自然の生命あるものは、たとえば植物や山や川であろうと「山川草木悉皆成仏(しっかいじょうぶつ)」と言説(ごんぜつ)されている。そうした自然の存在にも、仏のもつ慈悲の菩薩の精神がつつまれているという教え。竹のもつやすらぎの節の美も、竹の子も食卓菩薩、あるいは滋味菩薩となって天与の季節の食となり、自然のめぐみを旬として口に入れる。その竹の子の慈しむこころを仏道の大切な径(みち)とする。一途な径を歩み、自らと他への影響を及ぼすことを菩薩道とも言う。菩薩という言葉の意味は、そうした作用をも持っている。

さるすべりの樹

繊細な意思をはなつやさるすべり（石芯）

◎

数十年前まで遠浅の海岸で魚や海苔がとれ
さらには「船溜（ふなだまり）」といわれた漁場があった
その海が埋め立てられ県営の住宅がつくられた
そこには人工の小さな河が横に流れ　そ　れ　を
遮るように植樹された一画の街路
季節にとらわれず常に緑の枝をかざる同質の樹木
その中に混じって
異様というか異形の姿で奇抜しているのが
さるすべりの樹　もしくは百日紅という樹だ
四メートルほどの高さを示し
それも恥ずかしがらず　ど　う　ど　う　と
わたしはわたしというなめらかな肌をさらし
妖艶の裸木となり
他の木を圧倒し目立たせている

おのれという独自尊の相をつげながら
そうその根を張るさるすべりの樹よ
あるがままの自然の宿命のなまめかしい異形をみせて

◎

その独自尊の実相のありようは
見る人の眼や捉えかたによっては摩訶不思議な
あるいは神秘をふくんだ樹にも見えるだろう
そうそう　た　と　え　ば
無数にのびた変幻の手たち
あの千の手を眷属した観音さま
正式にかたれば〔千手観音菩薩〕像を暗示か
その秘めたなまめかしい裸の変幻の樹のありよう
女体の立つエロスをはなちつつ
女来（おんなく）のフェロモンをただよわせて
慈愛身の独自尊をほほえみながら異様となす
さるすべりという　猿も滑りおちる肌の愛敬樹よ
さばさばした解放の裸となまめかしさを主張する
千手の如来観音のごとき幻想の
百日紅ともいわれるさるすべりの樹

◎

男のような裸の木となり
さらには肌つややかな女の匂いをつつむ樹の相
そこには男とも女とも断定できぬ性質の
観音如来の姿があろう
独自尊の性を交差した百日紅の樹さるすべりとして
それもよしの異形異様の種木となって
四季という風景のひとときに
これまたあるがままの裸の枝たちに
見事なみごとな色彩をふらせる花を咲かす
六ヶ弁の淡紅　紅淡紫　紫　残黄色を開花せん
七月から九月にかけての百日紅の花となって
千の手の観音魔術を顕現(けんげん)し誇りの美となして
いっしゅんの見上げる眼のいやし
ふたたび心情にさけぶやすらぎの六ヶ弁の美よ
さるすべりの樹の
まことの独自尊の変化はそのいやしであろうか

◎

わたしは肌なめらかな妖艶の
おまえを
今この眼でみている
異形異様に立つ鑑賞樹として
あるいは
美しいやすらぎやいやしの千の手の枝として
自らの独自尊の誇りの樹として
真味の変幻をみせてこぼれる季節(ひととき)の開花をみせ
存在のたたずむ位置(くらい)のほほえみとなって立つ

〈追記〉このさるすべりの樹の句でわたしの印象にあるのが、
二人の俳人の句だ。
○日野草城〈ゆふばえにこぼるる花やさるすべり〉
○石田波郷〈女来と帯纏(ま)き出づる百日紅〉
もう一言すれば、さるすべりの樹は、中国が原産地で
あるという。参照『花の手帖』（小学館）。

當身の大事

〈求道すでに道である〉*を思念して

人には
人それぞれに背負うべき
自らの意志というか
生きねばならぬことへの思念(おもい)があろう
個というひとりびとりの
位置を把握し
認識しつつ
そこにこそ
人としての　自　ら　の
信念をさけべ
その信念こそ
いいかえれば
自らの内在する《當身(とうしん)の大事(だいじ)》だ
まさに生きるとは
自分自身の大事なのだ

それを知ろうとするかしないかに
個の在りようの
進むべき世への風向きがあろう
そして身でとらえ学ぼう
人生という大きな輪のやすらぎのなかに

人はそうした
ささえとなる精神(こころ)の存在に
ふかくもあたたかく沈殿している
希望(ゆめ)という飛翔するふくらみとなって　だ　か　ら
人はひとという
自身の生きるべき方向へ
足を運んで往け
胸にひめたる自由の意志に
その人の往くべき生(しょう)の行路があろう
生きるべき誇りのなみだを落としながら

人はそういう
明日への〈志〉にこそ

人の彼方の尊い當身の大事をみつめるのだ

＊宮沢賢治「農民芸術論綱要」の末文のことば。

続當身の大事
〈求道すでに道である〉＊を思念して

まさに我が身をかえりみて
みずからを往くのが
人という幸せへのなみだであるのかも知れない
そう　み　ず　か　ら　を
當身の大事と矜持して
一途をひょうひょうと
歩みたいものだ
そこに
くよくよしない風の又三郎のやさしさで
お前の生と死にからみつき
ぶらさがってくる
人としての生き方のなみだがあろう

だからそこには
歩もうとする

求めようとする
みずからの思念（おもい）の道もあろう
ある詩人のこころに
まといつく
「求道すでに道である」という
ふかく心情にひびく　真　実　に　は
人としての
やさしさのあるなみだが流露している

だから
わたしは金持ちにならなくてもいい
それよりも
自分や他人をつつんだ
思いやるこころがあればいい
みずからの往くべき人生を
ひょうひょうと　たんたんと　進　め　ば　い　い
そう一途の
みずからの往くべき道を歩めばいい
画家になりたいならば絵描きの人生を
詩人になりたければ詩の呼応の一途を往けばいい

こころに抱く念をすてず
おのれみずからの當身の大事として往け
ひとりの後悔せぬ
ひとりの一途の足跡を
〈末期の水〉の美しさとしてのこし
みずからの誇りのなみだをうむことだ
お前がみずからの
お前が身として
生き方の吐息する
當身の大事として愛そう

生きるとは
みずからの身の大事を追うことだ
ひょうひょうと
ひとり往く
みずからの身の
生きて往く誇りのなみだを

真味としておとして往くことだろう
まさしく み ず か ら の
當身の大事の
いのちのうたう
美のごとくに

＊宮沢賢治「農民芸術論綱要」の末文のことば。

続続當身の大事

〈求道すでに道である〉＊を思念して

序

（力は自らの信じる決断だ
決断は意思の信念となる）

當身の意思のありようは
お前のこころのなかにのみあるのだ
それを大事として
世の中の荒波をおよげ
およいで
およいで
お前の力でおよぎきり
渡ったとき
此の岸と彼の岸への満腔の歓喜の力がうまれる
生きていることの
生きることへの ＞ 存在の大事となって

その大事は
他者に認めさせるためではない
自己満足にしたるためでもない

自らをすこしでも顧みて
自らに〈當身の大事〉を感受することであろう
そしてそこに
感応して生命（いのち）のありようを意思することであろうか
おもいやりのある人としての生き様
やさしさのある人としての歩む姿として

俺たちはつね日ごろ
正に身のあることを〉大事として

それへの感謝と
祈りの念をつつみ
素直に　真面目に　真剣に
自らの存在をよろこび　う　た　え
生命をさけんで　う　た　え

自らの生命をかける當身の大事をなしてうたおう
自らの生命をそだてる當身の大事をうたおう
そうそこに　こ　そ
自らの〈當身の大事〉の生涯の夢をみよう
自らの信念を首にぶらさげていることの誇りとして

＊宮沢賢治「農民芸術論綱要」の末文のことば。

風鈴の寂しい悲劇の音よ

暑さを涼風の音にかえ
こころ豊かにする
昔からの好いこころの　風　鈴　よ
今はしっかり　クーラーとかエアコンとかに
時代の立場の位置にとって変えられ
「かわいそうに」も部屋の窓や
ベランダに行く戸も閉められてあわれ　あ　わ　れ
あああの風情ある涼しそうな風鈴も
どこかへ消えてゆきそうな
寂しい音となり　悲劇(かなしみ)の音となってゆくであろう
幻の涼風ならぬ〈幻化〉の風鈴となって
——その身近さから遠のいてしまう悲しい風鈴の姿
自然のやすらぎの軒下の風景も現実の寂しさ
人工の力　エアコンの器機に追放される
脱・風情の音色たち

暑さや寒さは人工器具により合理をもって解決だが
けれどその反面としては
天からの旅情というべき語り部の風鈴は失われつつ
夏の暑さを遊戯の詩情(ポエジー)でなごます　あ　の
《風鈴の音》はいずこへ流れて鳴るのか
これも時代(とき)の流れの実相の合理なのであろうか

〈二〇一七年厳しい夏の古びたベランダの風鈴を聞いて〉

君たちよ、一歩を踏み出せ！

世の中に出たがらず
おのれの殻にのみ破れやすい風船をうみ
引っ込みぐせを着ている　君よ　お前よ　若者よ
くよくよ　うじゃうじゃする心情を
外の空気にふれさせ　吐息させて
活気ある社会の風景をみつめ　生　き　て　い　る
こ　こ　ろ　を　鬼　に　し　て　飛翔させよう
引っ込み思案の不安を　わたしという　人　間　を
外に引っ張り出そう　吐く息や吸う息の大事を知らせ
交り合う人の安らぎの場をボランティアしよう
（ホーイのホイ　ホーイホイ
（たのしく、ホーイホイ

楽しい明るい眼と心を開かせようと
外の花や鳥や風や月の風土の美とおおその風光よ

一歩を踏み出せば　君よ　お前よ　若者よ
おのれの回復するよろこび全身の着衣としよう
必要なことも　不　必　要　な　こ　と　も
現実の世の中から学び教えられるであろう
だから心情にあふれてじょじょに
人生の良さやありがたさも
まんざら嘘ではなく
捨てがたいものがあるものだ
（ホーイのホイ　ホーイホイ
（たのしく、ホーイホイ

そうしたことから
弱さをもつ心の人間でも
外へ出ることに不安をいだく心の暗い人間でも
世の中の眼を気にする　君でも　お前でも　若者でも
火宅三界の世にも心を広く受け入れる土壌があり
自らを生きて往かざるをえない　た　め　に　も
自分を自分として
まず一歩を踏み出さんか

踏み出せ　踏み出すぞ
踏み出せ　踏み出すぞ　〉仲間にならんと

（ホーイのホイ　ホーイホイ
たのしく、ホーイホイ

そこに知ろう〈弱き物も人間（ひと）であり〉悩む仲間だと

〈二〇一八年二月一日の三度の寒波の日に〉

4　心のレンズ

わたしの夢飛行
——津軽のけっぱれ人生

生きるために生きようとするために
背負い背負わされ　ぶらさげねばならぬ
ふかい想念(おもいで)や消し去れぬ記憶は
人の生存中の首にぶらさげられた幻の光線(ひかり)である
すべては「生まれた時」から「死ぬ時」まで
おなじ意識のありよう　おなじ思念のもちようで
生存できるものではない
そう自然の競争の
そう人間の競争の
風土作用の掟の運命のありようにもあるように

考えてもみろ
人はおなじ風土や風景のなかにあっても
その自然の風や雨
その自然の雪や光
もっと身近にいえば日本列島の位置する特徴の
春夏秋冬の四季の移りかわりや
人の住む成長の認識で捉え方も少しは流動しよう
自然のからみつく四季をうみ回帰をねがいつつ
人も風景の風光をたとえ郷愁幻想の美学をつくり
その地域や地形の息づかいに育てられてきた

わたしも
わたしの兄弟たちも　幼な友も
季節を着たやさしさと厳しさを
オギャと生み落とされた首にぶらさげられ
生身の存在を風光という《自然命》にさらされて
わたしの愛し泣かされた津軽田園の平野よ
風土というふるさとは望遠鏡での眼の懐かしさか
その人の消しえぬ眼のやさしさか

そのやさしさは諦念の人生郷愁の凝視美だ
出自の風景地を捨てようが捨てえないでいようが

津軽の人たちよ
汗をながし　日焼けし　しわをふかくし
ただ黙々とリンゴ畑の花を愛し実る稲穂を愛し
生まれた平野をたがやし
にこやかな笑顔をみせ　うれし涙をながし
悲しい顔をつくるのも
生きるという人生に
「けっぱれ」という津軽の農夫（たみ）の魂がしみこんで
「けっぱれとは頑張れや努力しろ」の応援歌だ
もっともふかい津軽人の魂のさけびなんだ

北方の縄文人の血をひく天と川と大地の津軽平野
風土の四季に支配されつつ共生した縄文系人よ
今は津軽人となって厳しくも美しい自然性を飾り
「けっぱれ人生」の姿のやすらぎ
「けっぱれ泣き笑い」の姿の力を呑みこんで

耐えてきた先祖たちの祈りの　さ　け　び
その想念の黙然のねがいにこそ
生命をたたえる津軽平野の山や川そして湖が
帰る風光命の《けっぱれ人生》の夢飛行を仰ぐ
律軽の「けっぱれ」は頑張れや努力より血張れだ

人よ知れ出自の匂う風景にこそ夢飛行の幻視美だ

○けっぱれは血張れをなすわが言葉
○風光を知るいのちこそ夢飛行

〈平成二十四年暦の上では立夏に入る日　稿なる〉

杉のゆれている姿

——ふたたびの生命（いのち）を願い

なんと検査の多いことか
《心臓》という大手術のために
医学的データの必要のために
手術前の一週間はほぼ検査づけ
生命を守るということは
それは必要で大切なことかも知れない
データをそこに重視した大手術との格闘
医師たちの結束　その腕と精神
ひとりの患者としてわたしの《いのち》の絆をつなぎ

全身麻酔の無意識の世界　そ　こ　に　は
わたしの生も死もない
わたしに認識される存在者はいない
無の世界　無心の魔界か
心臓外科の手術はそこに《いのち》をたすけ
ふたたび生きる風光よ吹け
汚れちまった悲しみの人生を生命の根となし
夢の華となす土となせ
真味の再生のいのちの手術として欲しい

わたしは真味を無意識にもとめ
生きる風光の根となす《いのち》をよみがえらせ
そう無の世界に夢を咲かせ　い　の　ち　を　さ　け
べ
ことばならぬ息を吐きその　こ　と　ば　に
ふたたびの生命をうずかせ
たすけるべく　医師たちの眼と手と意（こころ）は
手術する心臓のつぶれた血脈に
いのちの躍動するバイパスの流れよ
生死の宇宙の光脈を蘇生させ呼応させよう

それを願い
それを祈れ
《いのち》を生きる心の音を聴きとれ

無の無心の外科医の手にある
わたしの魂の麻酔の声なき鼓動のとうとさよ
生命あらばまたふたたびの　風　光　を　み　よ　う
わたしに生かされていることの
「杉のゆれてる姿をみせてくれ」
風と光のファンタジーの現実（リアル）を

わたしの手に筆（ペン）をもたせ
ふたたびの生死の悦びをうたわせてくれ
その慈しみを

（二〇一二年一月三〇日（月）の心臓の手術を祈りて記す。
千葉中央メディカルセンターに入院して。）

《足の眼》考

○

人の生き方というか　人生の行路というものは　その人の生き方の行動にあって運命のありようを背負っているものだと思う。それをもっと身近なものとしてかたれば　その人の歩む足跡を推察することにもつながる。人生の封印や刻印のような足跡はまた明日への跫音（きょうおん）につながる。ぶらさがる生への明滅の灯（ひ）となりつつ。背に負う歩みの行路の刻印には　その人の胸臆に思念された内在への眼の存在があるであろう。内在された眼には三つほどのするどい眼がある。その一つは《頭（のう）の眼》だ。その二つは《意（こころ）の眼》だ。その三つは《足の眼》だ。當身の力だ。

○

そうこれら三つの内在された認識を線輪（コイル）した眼にこそ人の存在者としての心の音となって　その人の往くべき運命の径へとつながってゆく。さればこそその人の三つの眼のなかで　独自の舞う個を孤としてふかめさせられてゆくのが《足の眼》の思念でもあり認識なのだ。そこに絶縁されず業（カルマ）のごとくつたわってくる思念の捉え方の感性と呼応の大事さよ。なぜならば足の眼は頭の眼や意の眼とはちがう万の無明や　森羅万象の磁場におよぶ感応。歩みの感触というか　受信する信号の生と死をつつんだ明滅。歩むことへの痕跡の音をひきずっているゆえに。

○

それを自存への経験というか。それを現実への実践というか。それを直感の足の把握というか。自存することの経験ないしは体験をとおして　足からの問う身の思索へとながれる眼となるからだ。《足の眼》はそこに計（はか）らいを知るからだ。もっとも必要な存在する自らの明眼（みょうがん）の予感へと。人生という方向盤への業のさけびを首にまきつけた此の世の散華へ。そうした認識と思索としての足の眼の在り方の旅路。頭の眼につきささり　その自存の魂の声となり　その人の宿命（さだめ）となる幻夢をみつめほほえむであろう。転化する足の眼精神。そこに生まれる人生行路に。

○

——運命とか　業とか　宿命とかいう言葉に立って歩む人生。そこにうずく《足の眼》の転化の慈しむ思念よ。人の生き様という不可思議をつらねて　命終（みょうじゅう）の音をならしているわれらの到来の未来記（よげん）。生きたいと願う真味（しんみ）の血を真実とするためにも……。

○

足の眼におのれの意思や生きており　（石芯）

（平成二十五年三月二十六日（火）住居近くの某外語大学の満開の桜をみつつ稿なす。）

《足の眼》再考

《足の眼》はつねに生きている
ひとりの存在者として
問う者の感性の信号を
大地の人間の音としてとらえようとする
あるがままの必要な天然者として
そ　こ　に　われらの
ひとときの位（くらい）の思念をひめ
いのちのささやかな悦びを大切にして

知れ
そして見よ
《足の眼》をもつ人は大地の計らいにやさしい
人のひきずる天然心のくらいに
火宅のごとき悩みをかたり
遊戯し柔和される

足の眼のもつ現実（にちじょう）を踏み　そ　こ　か　ら　の
再生の明かりの歩みを暗示させられる
われらは素直な
暗示の吹く風のごとく
ただ無心のように咲く
花の美（は）しさのあるがまま
現実のもつ風光の妙をとおしとする
自らをかえりみる問いと凝視を
足に回帰される
背負う経験の眼の　く　ら　い　を　な　し　て

ふかき歩みからにじみでる足の吐息は
人生の眼となり
われらの巻線する運命の　ひ　と　と　き　の
信念となろう
まこと《足の眼》は
そうした計らいにこそ
往還する想念の
自らの思想として建つのだ

人生のふかみはそこに必要として生きるだろう

〈二〇一三年三月某日　いつもより早咲きの桜を眼にして記す〉

生命の粘液

かたつむり動かぬようで早く行く　湛山

梅雨どきのあじさいの葉を這う
一匹のかたつむり
自らのゆったり(スロー)生存の粘液をだして
動かぬようで進んでいる運命のありよう
それは大切で美しい　尊　さ　の
かれらの行動でもある
それは自然のうむ実相のすがた
かたつむりの歩む生命(いのち)の謳歌

そうした動作に似た人生を歩んだ人物がいる
自らの運命の吐息の精神を散華して
魂の粘液(ねばつき)を解きはなって
その生涯を自燈明の意思で進んだ石橋湛山の姿勢(すがた)

言論を身近な剣筆として　用　い　て
政治を社会を経済を　文化を慣習を　哲学を思想を
民衆の自由のためにと身を賭して
民主主義や平和主義への言行一致の実践

動かぬようでうごくことの神秘さ
急ぐようでいそがぬことの必要のありかた
人生のひとつの認識として自覚していた湛山
自由討究の歩みと徹底的智見を線輪（コイル）した言葉
そこからの人間としてのさけびの　粘　つ　く　声
そこからの人間としての命終（みょうじゅう）する信念ふかき理想よ
意志の力で内在開目する粘液
動かぬようで早く行く消しえぬ言説

わが石橋湛山の生命の明りの不滅のごとき和（やわらぎ）よ

《足の眼》の発見

——個の感性をやどす大事として

人の足は歩いたり止まったりのうごきのなかに
足としての発見をする
もっと正確にいうならば
そこに作用する足のとらえる感性のありようを知る
そう足のうごきによる感覚の眼
実践というか経験の歩みからうまれるまことの眼に
頭デッカチの知識ではない　人　と　し　て　の
うごめく人のありようの真実を知るであろう
人の世の人生という足で踏む火宅の心理の眼のことを
その熾烈をひそめている現実の世の眼よ
そのふかきにある足の眼の感性よ

そうそのことを知れ
人よおまえよ　わ　れ　ら　よ
足の眼という火宅苦悩の経験人生から

表層ではない　五感にからみつく生きる音色があろう
こころの奥底にある生きねばならぬ感性として
自らの進行している生き方は
自らの足跡というか
自らの立つ存在者としての《個》という眼にある
そのことを受け入れ
自らの人としての生き方をしよう
個をもつ人としての感性の必要のエネルギーとして
思念しよう
ときには内省し　洞察しよう　足の歩む眼の大事さを
人は人としてのありえる姿には
人だけに消えることのない真実の感性が舞うからだ
それは人の生きねばならぬ自らの呼応であるからだ
人の歩む足の位置の眼の精神から放たれる
意思や意識の流れのふかさよ
唯識（ゆいしき）[*1]という心情や心理の流露と感性の眼の美よ
そこに真味の一つの生き方もあろう
そこに自らの生きねばならぬ運命をみることもあろう
人は喜怒哀楽のなかで足の眼の発見の生きる声なのだ

知れおまえよ　わたしよ
その心奥の感性の力にこそ
足からうまれる人生の眼という人生力と
感性力という
人としての生き方や存在としての転化する美があろう
われらの人のありようの個のさけびである
《足の眼》の発見をからめて
足の眼は孤独や孤立をおそれぬ
犀のように独り歩め[*2]の精神をやどしているから

＊1　仏教哲学『唯識論』、
＊2　『ブッダのことば』中村元訳（岩波文庫）。

相逢を大切にしよう

――個の想像者として相逢（あいあう）ためにも

相逢と書いて〈そうふ〉と読むのだという*
禅のことばで相逢（あいあう）とも
もっとわかりやすくみぢかにいえば出会いのことだ
一期一会にある出会いは誰でも人として経験あろう
けれど形だけの出会いというものは
性格や興味あるいは感性や思念がピピッとしなければ
合一というか共感された呼応がうまれないであろう
呼吸のできない出会いにすぎない
縁（えん）なき衆生（われら）は度しがたしのごとく――

○

われらよ知ろうぜ《相逢》とは
縁ある出会いとなるのだ　そ　こ　に　は
ますます相逢う出会いがあろう
人としての私性をむすび　友情をむすび
人としての因果をきずき関係性の結縁（けちえん）の共感
そうそこには自らをふかめ信念をいだかせる
思念の力が涌くであろう
相逢の関係性ある脈縁のしんじょうをうむといいたい

○

むろん出会うことを超えた出会いの相逢とは
なにも人との因果とはかぎらない
大海や山川草木の自然　その空間の風景やおきて
自らの胸臆された知性や認識から流れでるものもあろう
人としての呼吸する眼よ耳よ口よ身よ意（こころ）よ
あるいは先哲先人の古典や明眼（みょうがん）の著作との相逢（であい）もある
人として問うて考える思念の力の大事として
それを尊しとする呼吸のありようにだ　そ　れ　ゆ　え
自らの信ずべき個をたんたんと往け

○

自らのなかにある他者をもみつめ
その感性をみがき相逢の眼としようぜ
考える人よ　おまえよ　きみよ
一期一会の人生のふかき相逢へあゆめ
人としての息を吸い息を吐く存在を示してさけべ

《相逢》とは縁の結びつきであろうから
自らの問う力を首にかけほほえみをもってすすもう
人の生きることとは共感の力の相逢ともいえよう
ひとときの個のくらいのなかにおいてもだ

＊わたしが《相逢》という禅語を教えられ学ばされたのは、著名なフランス文学者で道元の研究でも知られていた寺田透『道元の言語宇宙』（岩波書店）からであった。その後、拙稿「随想《相逢》ということ——吉本隆明・寺田透・宮沢賢治・上原専禄らの内在心を貫くもの」を宗教誌『法華』に執筆（一九九七年）。それを拙著『石橋湛山—信念を背負った言説』に所収（平成十六年二月　高文堂出版社）。つい最近、知人の千葉貢高崎経済大学教授が『相逢の人と文学—長塚節・宮澤賢治・白鳥省吾・淺野晃・佐藤正子』を出版した。そうした縁と、おめでとうを込めてこの詩をうんだ。

志念堅固の詩

人間（ひと）という繰り返しをこのむこの世に
人よ生きよう　自らのしあわせのためにも
だから人よそこに夢をもとう
夢とは明日への暮らしをするものだから
暮らしには人の願う志念未来がひめられているからだ

生きるというしあわせへの志念よ
生かされているという生命の希望に

今の世の正規と非正規の荒波という格差海をわたるには
あるいは摩擦すくなく泳ぐには
個の生きる夢の志が大事となろう
その人その個の胸の信念に脈してゆくから
そうそこに人としての希望が涌く明るさが灯るのだから

人よ志念を内在し夢をふくらまそう
ふくらんだ希望には明日への明眼（みょうがん）を信じて

人よ歩めそれぞれの　志　念　を
人として主張しよう
その証明としての具現のやすらぐ思念をうもう
自らの血と肉の活性をなし
志をつらぬく渦の声としよう

だから知ろう《志念》こそ渦まくふかさの明眼だ
夢やしあわせへの未来の花をひらくだろう

それゆえうたえ　自らの志を――
それゆえうたえ　自らの念を――
うたおう　うたおうぜ《志念堅固の詩（うた）》*を
常に志す願いの人生希望のレールの進む足に
明日の明るさにはなつわれら堅固の詩を

個としての人よそのつつまれる無限の価値の変化を

伸びゆくやすらぎの発達の風景に望んで

人よ　われらよ安穏のためにも堅固な志念をいだこう
そう　そのためにも人よしあわせの風景をうみだそう

持つ夢や堅い念花の美にひらけ

やすらぎの風景うかべ志念の笑み

＊大乗仏典『法華経』比喩品第三に「志念常堅固＝志念常に堅固にして」の経文がある（『眞訓両読　法華経　並開結』平楽寺書店）。

今は鳴る太鼓を耳に

破れた太鼓や
鳴らない太鼓をたたくよりも
心配なく鳴る太鼓をたたけ
気持を天に打つ
おのれを鳴らそうとする太鼓は
個をも抜け出し
天と地にまじわり
感謝するという

そうした優しさの太鼓の音が
おのれの感情や
反応のリズムに合うように鳴る　太　鼓　は
あるいは鳴ろうとしない　太　鼓　よ　り　も
太鼓を打音する人と一緒に
一対ひびきの主張をなす

天と地の自然鳴のさけびと
その伝波の流露する合図のやすらぎよ

おお知ろう
お前よ　君よ
鳴らない太鼓よりも
破れた苦悩の太鼓　よ　り　も
打てば鳴ることへのひびき
その尊さのリズムをはなつ
その鼓動のいのちとしようぜ――

今は鳴ることの鳴らすことの主張の太鼓を必要として
たたく人の
願いをこめた太鼓のひびく飛翔よ
その音色に交わる
よろこびの一致

人よ　我らよ
みずからの合うハーモニーのひびき
聞け　そ　の　太鼓の鳴る
ばくはつの音を！
目覚めさせる太鼓の世界の孕む
《和》の調和よ！
鳴れ太鼓よ　鳴れよ太鼓よ
バチを手にたたく人もこころに和する人も
今が大事に調和の風景をうむ安穏をたのしもう

〈二〇一八年二月二十八日　春への暖かさを待ちつつ—。〉

旭ヶ森に立つ日蓮

——誓願につつまれた清澄山での立教開宗

建長五年（一二五三）春四月、桜が散り、新緑が美しいふるさとに二十年ちかく、仏法を求め遊学していた日蓮が帰ってきた。重大な決断を胸にして帰郷した、海辺の小湊と清澄山（清澄寺）。厳しい求道者として真実を研鑽してきた日蓮は、一回りも二回りも逞しい出家者の顔。かくして四月二十八日の早朝、境内にある旭ヶ森の頂きにひとり毅然（きぜん）と立つ。孤存（こぞん）のよろこびとふかい誓願を胸臆して、天と地をつつむ光明のごとき朝日を、じっとみつめて待つ。
やがて天（そら）は薄墨色から乳白色となり淡紅から深紅に変化
水平線が金色射光となり大日輪となって輝く
日蓮の澄んだ眼には九山八海の山波の雄大な神秘風景
その後方にはかすかにキラキラする永劫の太平洋
大日輪の凪にうごく静けさの感動につらぬかれる日蓮の姿
新しく開く釈尊の金言の教えに命をかける信念の法華経者

三大誓願の黙念の声が虚空にふかく回帰してゆく
　我れ日本の柱とならん
　我れ日本の眼目とならん
　　我れ日本の大船とならん
日蓮の強固な転化精神の當身大事　そ　の　感　応
朝日のなかに仏の使いの感涙のひとすぢを感受……

　南無妙法蓮華経　南無妙法蓮華経　南無妙法蓮華経

題目三唱の大音声が時空を超えて救済の立教開宗
ここに是聖房蓮長から日蓮に名を改め自らの道を往く
自らを呼応し《日蓮》という日輪と蓮華の清さを背負う
その心のなかに浮かんでくる三十にして立つの古の言説
あの山　あの川　あの木　あの林　あの海辺の光景
巡りめく幻のごときなつかしさの時間のながれ
真実真味をつつむ日蓮の自覚に映る天と地の一如の妙法に
天の日輪と地の菩薩が交り合う慈悲がひびいている

〈平成二十三年秋十月某日　千光山清澄寺にて〉

ひとりの問う思念者たれ

——詩人の孤影を呼応して

〔何万年もつづいている愛の意志に
ひたすら立つ樹木がある〕

＊

人は生まれるときも死ぬときも　ひとりの人格の仮面を育む存在として血脈の絆をもつ。生き生かされるひとりの生死を往く自存となり《思念の衣》をまとった感受性を呼応して。そこにその感受性の鋭さを放散しながら　自らの吐く思念をうみ六根認識アンテナを張り。人の生きねばならぬ世相のうごめきを凝視　問い　思考する眼を開け。
この問う　ひとりの感受性の人性としてのさけびこそ　世の間のつながる絆というか　拡がる悩みの矛盾の満ちた社会という虚実をつくるのだろう。
矛盾の生ずる世にこそ　感受される喜怒哀楽の真

実の人生が鼓動される。ひとの内在する意志の感受性にこそ世間(しゃかい)を問う言葉の存在の交換。呼応するひとりの言葉を結晶せる詩人となり　鎌なす人。

詩人はそうした悩みや思念の放散する世の言語人。さけびの批評を背負う感性の人だ。それゆえ鼓動する山河や草木とも交感し　万の詩想をうむ精神の呼応者となる詩人たりうるのだ。詩人は感受性を生死海の闇に聴き分析・解析する力も必要となろう。人のありようを凝視し　問い　捉える真味(しんみ)の言葉人だ。求道する思念への大いなる自然人となって。さけべ。

そこに求道する感性のひとりの思念者となろう。だが忘れるな　思念者は覚者ではない。覚者は真理への境地をいう。詩人は存在を思念する呼応人。その鋭敏な心耳(しんじ)の舌で語れ。言葉の持つ呼応の感性を放つ批評の思念者たれ。鋭くふかい思念詩人の世相に立ってだ。ひとりの問う眼や転化の智見を大事となし　ふかい感受と呼応の旅人として
ひとり往け。

＊鋭敏な批評詩人、芳賀章内の詩集『宙吊りの都市』（土曜美術社出版販売）所収の「立つ」より引用。

生命と感性
——生きるということは

生きるということは生命を吹きこむことだ
生命を吹きこむことは明日への到来をつなぐことだ
それを噛み締めるには
生もひとときのくらい
死もひとときのくらい　＞という＊
《生》と《死》の必要性と有り様のとらえかた
生かされているという感性と不思議さのはなつエネルギー
そこに認識し思考する大事の背負うべき自らの感性よ
生きるということと死するということの
重くて深い感覚を受持することであろう
ひとの生命の　否（いな）　否　否
それらへの生きとし生けるすべての生存があるかぎり
素晴らしさ　美しさ　尊さという想念をうかべてみよう
風光としてのくらいのつつむ　生　命　を
そうなのだ

風光としての感性を巻線（コイル）する
生命のつながるレールのあることを
そのなかの人間（ひと）の生命は母や父そのまた母や父への往還
くりかえす波のような血脈の因果よ
ありふれた風景人の古来のさけびよ
刻まれた年表の生と死の　く　ら　い
因があって果がある自然のながれの生命に
耳を澄まして聞こうとするひとには聴こえる
生命自然のあるがままの鼓動のうごめき
おおそれゆえの尊厳の美がそこにあろう　見　よ
その《尊厳の美》の感性があればこそ
生と死の在りようがしれるのであろう
眼に見えぬ風や季節の声に抱かれている生命の美を
それをとらえるひととしての感応と感性の大切さ
生きて生かされている生命のひとときの風景のなかで

＊道元の「正法眼蔵」の言葉。

虫さんたちの自然鳴の尊さ

朝や夕方からの虫さんたちの声が
力づよく秋をうたっている
虫さんたちの生き死にをつつんだ尊さの鳴く音(ね)として
われらの世相のざわめくこころをおちつかせる
それだけわれらの日常にあっては
騒音があふれだし　垂　れ　流　さ　れ　て　い　る
それだけ音の乱入にならされ
悩みながらも耐えているのであろう
人間(ひと)をおちつかせる
安心の精神を狂わしつつ
そうしたわれらの乱れた雑音(ノイズ)に
ひとときの心耳の柔和と
ひとときのやすらぎの自然鳴(しぜんめい)の虫さんたちの音色よ
それぞれの鳴く位置(くらい)の生命を
たたえた楽音に鳴らし

秋の季節を呼びだし振り返らせ　到　来　さ　せ　て
ホッとわれらを振り返らせ
フッとわれらを取り戻させる
虫さんたちの掟のうつろいの命の風の音よ
ひとときのさけびの合奏と独奏をうみ
みずからの宿命のかいきの解放の自然鳴として
人間としての　わ　れ　ら　は
そこにささやかな心情の回復を見いだし
秋のふかまりゆく
哀愁へのやすらぎといやしの人生の音を知る
生命を懸けて鳴く自然のせつりの存在の大切さを
虫さんたちは生死のオーケストラのごとく演出する
われらの日常の音に消された人間味のかなしみ
麻痺して忘れていた風光のくらいに鳴る生命のさけび
人間のいのちの調和(ハーモニー)の精神として吟味しよう
虫さんたちの宿命ひびかす尊さのふかさに
《感応同交(かんのうどうこう)》＊してありがとうありがとう　ありがとう

＊仏典『法華経』のことばで感応し交(まじ)りあうこと。

甘露のこころ

——早朝の蟬の声に

ここ数日前から
〈蟬〉の声がきこえるようになった
梅雨が明け
真夏のかがやきが到来する日びになって
今朝も
明るくなる四時半ごろから鳴いている
生きる　生きていることへの
立ち位置をしめすように
ミーン　ミーン　と
切ないなかにも誇るすがたを浮かばせて
無情の暑さに鳴くことを告げて

〈蟬〉の
憂いむように鳴く声は
生きることへの短命のかたらいか

自然がうむ法性(ほっしょう)のふかさの　ゆ　え　に　か
わたしはひとり
単独の蟬の声に微笑み
乱雑に積まれた本の居間に座し
耳をかたむけて
すなおに聴聞する
甘露(かんろ)のこころをひらいて

生きるということ
生かされているということへの
ささやかでやすらかな心情をもって
ひとときの共感を
〈蟬〉の早朝に感受する
今日から　明　日　へ　の
日びの暑さに鳴く多くの蟬たちの一ページに
生命(いのち)あるくらいの
儚さや尊さを思念しながら……

壮麗なる聖教殿は座す

〈下総中山法華経寺の〔聖教殿〕にて〉

桜や青葉や枯れ葉の季節にも
人びとの参拝姿や散歩する親子づれの影がやさしい
日蓮宗の古刹で知られる中山法華経寺の境内
国宝法華堂　重要文化財の五重の塔　重厚な祖師堂
さらには三大修行の一つ「日蓮宗大荒行堂」の場所として

そうした歴史や文化の香りを伝えてきたこの寺院の一角に
やや坂上がりの径(みち)を進むと大樹木が目につく空間がある
その空間の奥に幅のある二十数段のコンクリート階段が
あり
美しい階段を上り切った前にでんと座す建造物の壮麗さよ
しーんとした聖域(サンクチャリー)をなして
仏陀をうんだインド風の様式たる〔聖教殿(しょうぎょうでん)〕*の慈悲の
　姿勢
　それは仏陀の衆生済度をなす仏塔の形容か
それは菩薩たちを乗せて大地から湧出(ゆじゅつ)した宝塔か
それは空中に在ってはなつ多宝塔の光明のことばか
仏典『法華経』のドラマティックに演出される宝塔の建物
それらの相似した容姿の〔聖教殿〕の見せる美観
少し色白がかった東洋と西洋の設計を持つ聖教殿‼
この空間のエリアはとくに静けさがただよう気配がある
それゆえ仏塔のごとく座す聖教殿には人は少ない

多宝塔の菩薩の使命を自覚し求道した日蓮生涯の教えの
著述・消息を格護する庫蔵こそ聖教殿の役目の大事
二つの国宝『立正安国論』『観心本尊抄』などの大著
そして人間味あふれる心情の消息（手紙）などの真蹟等
いわゆる御遺文といわれる日蓮聖人のことばの護持の塔
として
わたしが法華経寺に来たときは聖教殿にも足を向ける
そこにこころを落ち着かせ自らの思念を浮かべたりした
そうした安らぎのある場所であり　荘厳なる空間でも
　あった

＊聖教殿は東洋建築の第一人者伊藤忠太と、西洋建築学の権威者である内田祥三が担当。耐震・耐火・耐湿、そして防盗・防虫に耐えられる工夫になっている。昭和五年（一九三〇）完成。聖教護持財団の初代理事長には、東京大学教授山田三良。毎年十一月三日前後に開扉され風入れが行われる。『日蓮宗事典』（日蓮宗宗務院）を参照。

歩め、歩め、俺は風景の旅人

つねに俺を背負い歩め
歩め歩めひとりの旅人となって
花をみたら美しい
草をみたら地にへばりつけ
木々をみたら風にまけるな
俺を自然の一人として
威張ることなく
卑下することなく
草木や花のごとく
のびのびと自然の風景にたわむれてつつまれ
歩めよ歩め……
歩めばそこには世の火宅の生活風景や
人の気性をも感じられ
つくられている人生つれづれを観察できるであろう
それでいいのだ一人の俺よ　旅人よ

高望みをするな一人の俺よ　旅人よ
人間も自然という空間の生命の一つではないか
そこ人間(ホモサピエンス)としての喜びも哀しみも　怒りも　楽しさも
ぶら下げて引きずり
そこに考える人類としての幸福(しあわせ)があるのかも知れない
それを身や心に下種(げしゅ)して
歩め　歩め　歩め
俺の歩む人生レールの詩(うた)として
一人の人間の背負うべき旅人とならんか
運命をどこかに認識した
旅人の幸福な眼で歩もうよ

俺は人生火宅の喜怒哀楽の旅人となった
彼方の安らぎを讃えて願う一人の旅人になったのだ

〈二〇一八年芽吹きかける二月下旬ある住宅にて〉

蟬の響命

奥津城の石にひびかふ蟬のこゑ過(す)ぎにし
人はみなしづかなり（『国原』藤沢古実）

お盆に入り
いつもより早く目がさめる
というより
老人のごとき体調の関係で眠れない
そういうとき
そっとみすぼらしいベランダに出て
ふっとひと呼吸
外気の静けさにもう啼いている蟬たちの声が
遠くから聞こえてくる
早朝のピタリと合唱された
どこかせつない蟬たちの呼応のひびき
そう　それは悲泣のせつなさのようなさけびだ

生きている今のひとときの真剣なすがたよ
ミンミンとその存在をひびかすいのちの真実
自ら知るかのごとき短命回帰の蝉たち
たがいの存命する相逢（そうふ）のいのちのよろこびを
現実にひとときのさけびのメッセイジとして
その立場を響命し天と地にそそぐ蝉たちの素直さ
その一途に啼く切なさがわたしを思念させて打つ
蝉たちの一心不乱の心の音を引きずって
わたしにはそれがふとやすらぎの尊さとなり感受
その胸臆にひばりつく蝉の泣く群れとなって
誰のためにではなく蝉自身のいのちのために

自然の掟の自然命のありようとなって放散する

〈二〇一二年盛夏　お盆入りの日に稿なる〉

《末期の眼》はどこへ

〈理知の鏡の表を、遙かなるあこがれの霞が流れる。〉
（川端康成『末期の眼』）

「死は厳粛なものだ」
旧来（いにしえ）より人の死はおごそかなものとされ
悲しみの泪をながせるものであった
そうした位置の生存や平和を願う世に
瞬時のばくはつや不慮のじこにあって
死にぎわの《末期の眼》とよばれる幻水は
死への安住水ともなるが
「死に水」は与えられず　含むこともできず
あわれな即物の亡骸（なきがら）　そ　こ　に　は
人間としての存在はなく
粗大ゴミのさけびなき死体となるだけ

そのような死は
留まることのない戦争やテロリズムによって
あるいは貧困や格差の社会において
ゴロゴロ転がる現象をうんでいる
感情のなげきや考える葦（あし）の誇りもなく
人間の尊厳や慈愛をうしなった世の回転
なんたる悪夢の死華の多さよ
なればこの地球（ほし）に生きる人びとは
もう一度しんけんに
人間としての生と死の生存の自眼をもとう

願わくば人類や肉親縁者たちとの
死に水の穏やかさを与えられ
その《末期の眼》の人生へのあこがれを美とせん
幻でもいい死に往く者の眼に還らせたい
戦争やテロで死に到る世では生の末期の眼を尊べ

心のレンズ　——わが和（やわらぎ）の精神として

心のレンズを磨け
そうして磨いたレンズをそこに燃やそう
さらにその炎で
自らの素直な意思を問え
問うて明るくなるこころのレンズにしよう

心のレンズを抱け
そうして抱いたレンズの熱で悩みをへらそう
さらにその努力を抱くようにして
自らの真面目な感性を聞え
問うて笑みあるこころのレンズにしよう

心のレンズを誇れ
そうして誇れるレンズを日頃にかたり
さらにその生き様の通過点にしよう

自らの真剣な呼応として問え
問うて一生の計らうこころのレンズにしよう

人間の心理は闇の住処（すみか）ともいわれる
人間はその心を背負う世間（しゃかい）に生きているものだ
住みにくい諍（いさか）うこの世であっても
ひととして心のレンズを磨くならば
ひととして〈素直〉に〈真面目〉に〈真剣〉に前進しよう
そのときそこに人間（ひと）としての安らぎの輪がうまれよう
それが《和》の尊さで大事さなのだ
諍いの少ないこころの安定につながろう

心というものは魔性をひきずり
こころとして見えない深層で活（い）きづいているものだ
けれど独（ひと）りの匂いある個であることは真実だ
それらの匂いを寛容しよう　たがいの共生の　た　め
に
心にひめ内在されて問う生命の《魂（こころ）》のひびきとして
なればこそ業（ごう）のふかき人間たちよ

まことの和のこころのレンズを自らによみがえらせよう
照応する一生の要（かなめ）のレンズとなして首にぶらさげつつ

〈二〇一四年二月の古稀を迎えつつ思う〉

亡霊をうんだ福島原発
――東日本大地震のもう一つの悪夢よ

権力という大きな御用利益と結びつき
地域独占の電力（エネルギー）をうごかす大企業東京電力
〔原子力発電〕をあまりに過信し
大自然の力をあざ笑った科学者　技術者　役人　政治家
彼らは科学万能を超神のごとくとらえて
原発を国家の政策とみなし《安全神話》をマスコミ流し
パラダイスの電力と幻想と悪夢と亡霊をうみ
科学神話　技術神話　安全神話を国民に食べさせてきた

だがだが見てみろ　眼を開けて呼応して見てみろ
大自然の力である地震や津波で見る影もなく破壊された
海べの街や川の街の姿　数知れぬ死者のあわれさの光景
《安全神話》の原子力発電所さえも爆発して
放射能という悪夢の亡霊を放散させて地獄の闇とした
過信した安全から〖亡霊原発〗という現実へ
美しく育まれたふるさとを孤立させ　ま　ど　わ　し
放射能で住めない村々の家墓　街々墓の風景の姿よ

原発の亡霊は周辺の市町村を悲劇の風景とし　墓とさせ
子供や大人　老人の住みなれたふるさとを殺したのだ
悲しい現実の亡霊のふるさととして
育ってきた風景風土を離れ　捨てねばならなかった
あげくの果ては田畑や酪農の収入もなくなり
あるのは風に吹かれる放射能と食糧の風評ばかり
海もまた汚れ原発周辺の魚も収入にならずだ
汚れたふるさとは亡霊の恐ろしさにおののき帰れない

けれど　け　れ　ど
哀しいかなおれは原発について科学技術の知識の力なく
平凡なひとりのふるさとを愛する郷愁者で共生者だ
ふるさとを離れ　捨　て　さ　せ　た　苦　悩　よ
仮面の冷たさをみせる東京電力という企業の責任ある人
国や役人や政治家の御都合主義の仮面人たちも
同じように亡霊を見つめ問うてほしい　恐怖の亡霊を

後手ごて廻る虚しい声のごとく　ふるさとは死んでゆく

○なによりもいのち回帰のわが風景（さと）よ
○亡霊は消えてと祈るふるさとや
○亡霊の放射能や社会（くに）滅す

〈一年を過ぎた平成二十四年四月中旬桜ちる頃脱稿〉

慈しむ水の讃歌

まじめに問うてまじめに語ろう
水は地球の鼓動であり生命の器にしたがう源流だ
そこに水は生き自然の抱く大いなる大河といえよう
さらさらと流れる原野の小川と里の水路
山や谷の低きに脈す水の性質
地形のありようや土にしみこんで透明をうむ伏流水
それぞれの器にそってそそぐ水の尊さよ

それは生存するすべての生命をはからう水となり
ゆっくりと大海回帰への命終

されど大海は天の雨への循環をなし
ふりそそぐ新たな雨となり生命をつなぐ水となる
田畑をうるおし森や草花をつくり　都市や生活（くらし）をうみ
人の日常の飲水となり慈しむ水となる

四季の風景の美しさや土の匂いも水のうるおう風光だ
水はそこに生命の必要さと崇める神や仏ともなる
だから水を汚してはならない

われら人は天からの恵みの雨で慈しむ水となるを感謝
汚れた水は健康を害し　生命をおびやかす

さればこそ知ろう
水は清らかで病んだこころや精神をいやす
生命の慈しみの水であることを……
そこにこそ水は渇いた喉(のど)や体を回復させ
人としての姿や風光のやさしさを散華するのであろう
幸せなことは人の水なくしては暮らしてゆけないし
さらに水なくしては人の精神のうるおいも持てない

水はすべての器に従うように
人の作用のありように添う身近な讃歌(いのち)の水なのだ
器(うつわ)にて生命(いのち)そそげし水となれ

慈しむ水こそ飲めや喉ならし

〈二〇一四年五月三日　憲法の日に稿成る〉

《足の眼》の浄土

《足の眼》の浄土という、理想の場所はどこにあるのだろうか。現実には浄土という仏国土は存在しない。と、いうより理想国土の吹く風であろう。安らぎと静寂さをからめた、美しく楽しい風景の場所は眼の前にあるかも知れない。けれど、それは頭の中の思念の風光の景色であるかも知れない。だからそれは、夢想の寂光浄土の風景であろう。一瞬いっしゅん、ひとときの位（くらい）の思念浄土の風景。されど理想の尊い歩みとして、捨て去ってはならない。

自らの足の眼による行動からの浄土への願い。経験や体験を通底しての、いやしの浄土のありよう。それは、別の立場によって捉えるならば、「自力本願」による自力行。他者の力をかりた「他力本願」という他力行。この二つの思念の行動には、自力他力という分別ではなく、「自他一如」や「自他不二」の自力と他力一本のからみあった、苦悩即覚醒あるいは知性的理想郷の風が吹く浄土があるからであろうか。それとも妄想や、幻想への願いがあるからであろうか。

そのような眼の風景が、現実の歩みから、救いのように現われてくるのが足の眼の経験のもつ知性というより、感性の感応の鋭さから生じる、幻燈のごとき浄土寂光世界なのであろう。くらいの風吹く景色なのであろう。《足の眼》の苦労した生き様や、あこがれ、安らぎの世界。救済のごとき夢ある寂光への安心。精神の澄んだ呼応への浄土のひとときのくらいよ。人よお前よ。そして君よ、汝らよ。そうした足のたどり着いた眼にこそ、心の濾過を転じての浄土（やすらぎ）があるのだ。

たとえそれが一瞬の安らぐいやしであろうとも、だ。人というものは、連ねる存命にもなかなか安らぎを見いだせない、悩みうごめく人もいるのだ。そうした地獄出現の現実を凝視している足の眼の歩む人よ。それを愛し大事とするお前よ、君よ。幻と化した地獄風景を脱け出し、明日への足の眼のさけびを背負う汝は、精神のささえとして理念の浄土を呼応しよう。現実のいやしの當身（とうしん）の大事（だいじ）となして。足の眼の歩みは、それら安らぎ浄土への実践へつづく精神ともなろう。

そう、そうなのだ。自らの當身の大事の幸せをつかみ、到来させてこそ、生きる浄土への風景であろう。人はそうした自存の信念を抱く希望にこそ、足の存在の眼の必要さを矜持しよう。人として不浄土の感性に、生きねばならぬ不条理にこそ、お前も君も、人びとも、近づかねばならぬ願いとなそう。悪魔と悪夢の日常の争う生活を望まぬ人にあってはだ。浄土の風景に遊びその安らぎを魂の救いとしようとする人に、おいてはだ。だからわれらは、足の眼での争う地獄世界は拒否。

それゆえにもう一つ、かすかな希望郷への魂の安らぎは、夕日のそめる浄土色や仏土色、それらを普遍した涅槃（ねはん）色のごとき風景ある足の眼への行動。此の世の渡海の三界火宅の歩みよ。おおかくのごとき、日常を生きている柔和忍辱（にゅうわにんにく）の光景の姿。そのありようの生き方ならぬ、存在としての浄土の到来風景。虹色の放つ夢アーチの径（みち）へ風光あれと。生きるとは、生きることへのささえとは、案外こうしたゆったりした足へ伝わる魂の眼にあろう。ぶらさげねばならぬ遊戯心として。

足の眼の築けし幸福（さち）や永遠（とわ）にあれ
足の眼で浄土（やすらぎ）ころす自死の悲（ひ）や

命あってこそ

〈彼岸より此の岸あゆめいのち途(みち)〉(石芯)

昔がらさあ
何だかんだといっても
もっとも大切なものは人の《いのち》だ
「い・の・ちあっての物種だ」と

わたしもそう思う
いくら夢や希望を抱いても
現実のわたしの存在がなければ
すべては幻だ　無だ

生きていることのよろこび
うれしさの日常の風光の鼓動にこそ
その呼応にこそ
《いのち》は要(かなめ)となっているものだ

そうした風光のごとく
そよぐ
季節のうむいのちこそ
生きることへの尊さなのさ

思念し理想するこころへの
燃えるような
やさしい自燈明こそ
必要なあゆみでもあろうから

だから知ろう
素直に　真面目に　真剣に　問うことへの
命あっての幸福(しあわせ)こそ
あたり前の命題であるということを

ありふれた身の近くの
自存の風光のささやきにあってこそ
何だかんだといっても
「い・の・ちあっての物種だ」が大事なのだ

〈平成二十六年初夏の風光を浴びて思う〉

自死者への悲しみの詩（うた）

われら諸人（もろびと）よ地に足をつけ
ひとときのくらいの迷いる此の世を急ぐことなかれ
われら諸人は見えるものを自証し
見えざるものを見ようとする
内なる眼光の思念をはなちてたんたんと往け

人たるわれらの生命は有漏（なやみ）の思念のなかでゆれる
灯火のようなものであろう
そうであればこそ
われらはゆれうごく灯火のなかに
生と死の影絵のごとき姿をあるがままに仰ぎみよう

消し去りたい想念や
打ち去りたい運命や
さらに捨てて離れたい身軽な裸の心情を凝視し

生と死の明暗のつつむ苦悩を
祈るように溶かしてみよう

そうこのふかく顚倒し火宅となった三界の世に
われら人びとはこうもりのように逆さまにぶらさがり
われらの抱えこむ影の濃い逆転のゆがみに
生きようとする意志さえ殺してしまう
自己喪失と自己笑失の恐怖の仮面の哀しさをつけて

仏典に説かれる
〔我れ諸の衆生を見るに　苦海に没在せり〕*のごとく
現世の人びとのくらいの有り様をうかばせている
それでも多くの諸人は苦悩や苦海から逃れようと
からみつく身の衣服を脱ぎ捨てて生を渇仰する

生をうとましく死を仰ぎ奉る自死者よ
死は決して希求するあこがれの場所ではない
死の尊さは生きることを全うしての当来にあろう
その生への軽さの衣服を着て
没在せる苦海を泳ぎ切り生存のふかい涙をながせ

それこそ身軽い裸となり
再生の衣服を身にまとい命ある此の世を渡海しよう
自ら生き生かされるために
そこにもう一人もう一人の自死を留めん
自死の夢の深層にこそふたたびの美の感性が咲くのだ

*大乗仏典『法華経』（上中下）　坂本幸男・岩本裕　訳注
岩波文庫より引用。

人間の理性の根

――今次大戦の業火地獄から、
共存共生の根としての祈りへ。

人間の存在というものは、どうしようもない業(カルマ)というか、欲望と権力からうずく花びらをひきずり、利益追求の性を背負って走り出す。自我(エゴ)と民族主義(ナショナリズム)の色彩をつよく放ちながら……。それも国家の利益の名の下に、覇権主義の魔性の根を這わせほほえみの満足。そうした吹き溜まりの力(パワー)で爆発するとき、民族や文化の対立、主義(イズム)の主張となり戦争やテロリズムの殺し合いの地獄をうむ。人類の業の哀しい花びらとなって。われら人間という存在は、古来戦争という業火の歴史をくり返してきた。人間幸せへの根を無視した、野蛮な悲劇の行為をなしてだ。資源へのエゴを掘り、不条理の世界をつくる人間の闇へのさけび、その歩みへの実践。

こうした暗い世というか、戦争地獄への不吉の歩みではなく、共存共生の風景をつくり、大切な自然生命の息吹きを放散しているのが、自然の根といえる樹木や草や花、山河の風光なのであろう。自然の掟というべき共存共生の宿る根をもち、互いの天と大地の恵みをサイクルする、悠然自立の共生の根。人間はその根のありようを、自由・平等・博愛、あるいは寛容・慈悲・互助の思惟(しゆい)や感性を大事としなければならない。自然のもつ位置のはからいの根として。人間も、そうした天地のはからいの根として、殺し合う戦争という業苦よりも、人間として助け合う慈しみの根を張らねばならないであろう。

人間よ知ろう。考えることや学ぶことで知ろう。根というものは、生きるために存在し、共生するための生命の根であり魂であることを。やすらぎを与えてくれる木や草や花、そして山河や湖や海も共存共生に必要なフィールドなのだ。そうしたやすらぎの地形風土を破壊する戦争は地獄の業そのものだ。われら人類も民族宣伝や宗教を越え、平和へ継続する共存の根をうまねばならない。平和という風景風土のためにだ。人びとを操(あやつ)る殺し合いは、自然を法楽の美と仰ぐ人類にとっての不幸である。

それには人間としての平和を希求する理性の根が大切だ。

今日の世界の平和には、各国の憲法による平和の声が必要であろう。血を汚す自我突出の戦いよりも、話し合う外交の道で、戦争を断て。人類の智恵を活かして。

そこに鋭い人間としての根を張れ。永遠の理性の根を。

《戦争の愚(おろか)》を認識しよう

――〔言論機関の任務は(略)大衆に健全なる輿論の存在を知らしむる点に存する。〕(『石橋湛山全集』第十巻 所収「東洋経済新報」昭和十一年三月七日号「社説」より。)

人よ知ろうぜ、戦争ほど無益な殺生はないであろう。そこには人として生きる幸せへの権利や、思想・信条、言論の自由も全て無くしてしまう。あるのは《死》という現実の寂寥の大地獄。その苦悩のうめきだけである。悲しいかな「殺すか、殺される」に明け暮れる戦争という無益世界。ふかい人間喪失と、文化文明の破壊あるのみの戦争。もっとも恐ろしいのは人類滅亡への瞬時へ押す核の手だ。悪魔の恐怖の命令のささやきにおののく核のボタン。命をうばわれる数えきれぬ死の山よ、群よ。いずれにあれ多くの難民をうみ、不毛の世界苦のなげきの悲しみよ。

現代の戦争は核にもつながる人類の恐怖。地球という星をも絶滅させるエネルギーの、悪夢。だから盲目的無知な権力者やテロリスト、あるいは狂気の支配を幻夢する人間の出現をゆるしてはならない。そのためにも、平和の理念としての共存共栄の幸福を願う人びとの、上に立つ権力者は人としての個の存在と、生きねばならぬ権利のさけびを認識せよ。むろん大衆はその自らのために自由としての言論、表現としての自由を當身（とうしん）の大事（だいじ）として矜持しよう。語るまでもなく、報道機関（ジャーナリズム）は戦争を批判する平和への、先鋒となる声を揚げねばならないであろう。

そうした平和の抱くやすらぎや国益としての戦争拒否、放棄の姿勢にこそ、平和の旗が立てられるであろう。そこにこそ平和の到来があると知れ。民族主義やイデオロギー、さらには宗教文化を超越した和平の尊重、調和の握手がうまれると信じよう。そうした寂光土（じゃっこうど）の実現を願おう。かような人類共存の言論言説を発信して、対話という外交で戦争を回避せよ。そうした政府や権力者を監視するのも報道機関の責務であろう。むろん言論人（ジャーナリスト）たちもだ。世相の輿論こそ戦争を拒み、主権在民の立憲主義の土台となり、平和となる砦となろう。言論の自由こそ大事なのだ。われらよ、そのことを知ろうぜ。

個の声を天にひびかせ和となさん

戦争や愚かな道は人にあり

〈石芯〉

物言えぬ暗黒の道を再び歩むな
——ある言論人の信念の生涯をかえりみて

〔言論の自由とは、権力者に対してのそれが自由であることでなければならない。〕『石橋湛山全集』（全一六巻）第一四巻第二部—八所収の言説より。

「物言えば唇寒し」の言葉には、どこか文芸性の抒情もあろう。けれども「物言えぬ口を閉ざして沈黙ふかし」の、私の歴史の目のさけびには、明治に入り富国強兵・強権国家という帝国主義へのレールを走り、大正に入り民本主義といわれる「大正デモクラシー」の輿論がさけばれた世相の波があった。しかし昭和に入り大日本主義の幻想を抱き、近隣の国への支配を強くして行く。小国主義の民主主義（デモクラシー）よりも国益のための侵略をふかめる軍部の横行。民主主義の波はつづかず、言論弾圧の治安維持法により自由の灯は消されてしまう。暗黒到来の世へ。一目散に走る物言えぬ時代の沈黙。その力を増す軍部の権力を批判し、言論の自由と人としての人権を訴え、平和の主張の「小国主義」をさけんだ言論人がいた。「東洋経済新報」のリーダーであった石橋湛山や、外交評論家で『暗黒日記』の著者と知られた清沢冽。清沢は湛山の自由思想者の盟友のひとりであった。また地方の信濃毎日新聞の主筆であった桐生悠々も、言論の弾圧と戦争突入への批判者だった。彼ら三人の言論人はいずれも非戦を貫いた平和主義者だった。なかでも、石橋湛山は生命かけた強固の信念を背骨とした自由主義者（リベラリスト）であった。

そうした圧迫された世相、あるいは逮捕国家の不自由さに自由思想をおそれることなく主張し、言行一致の生き方をした湛山は、稀有の存在といわれている。戦争の足音がするころには、良心派と見られていた朝日新聞も軍部に迎合してしまう。権力を批判する言論機関の新聞も皆廻れ右して、今次大戦へ突入し三百二〇万の死者を生み、終戦を迎えた。国敗れて山河なしの地獄の国土であった。七一年前の日本の敗戦の姿だ。それは多くの苦痛と悲しみを残しただけの悲劇であった。湛山はまた、戦時中にあっても早期終戦を政府の要人に進言していた。
言論人湛山は、軍人の東条首相から睨まれ内務省に逮捕
の命令が出されていたともいわれる。終戦直後に小国主
義による日本の復興を予見し「前途洋々たり」と言説。
自らの信念で戦争の愚批判と、平和到来への歩みをした。
昭和四八年、風雪八八年の一生を了えた。

　われは知る思念自由の滅せぬ言（げん）　（石芯）

国民主権と言論表現の自由の大事
——平和への理念と戦争放棄を含め

今次の太平洋戦争は悲しみ苦しみで終わった。戦争と
いう愚かさを残して。そこに、昭和二一年『年頭の詔
書』で天皇は現御神（あきつみかみ）（現人神（あらひとがみ））に非ずと、〔人間宣言〕
を。翌年新生『日本国憲法』が施行され、主権が国民に
あり、個人の尊重、基本的人権。また生存権や法の下の
平等。思想良心の自由。言論表現や学問の自由など平和
の理念を含んだ〔戦争放棄〕への九条。そこには、戦後
民主主義と呼ばれた「平和主義憲法」の誕生。ＧＨＱ（アメリカ）に
押しつけられた憲法とも言われながらも。なかでも思想
信条や言論表現の自由は、個人につながる源泉の大事で
ある。

歴史という時代の位置（くらい）はそこに変化し
人身も権力というものに抑えられ　圧迫され
心耳（しんじ）もゆがめられて口を閉ざされる

良心的な声や表現は問答無用とふっとび
沈黙こそが生きのびることのごとく　時　代　を　縛
る
治安維持法の恐怖よ
権力という国家の力の持つ暗黒の世相よ
出版も集会も監視され獄中の道へ
厳しい自由圧殺の戦前戦中

だからこそいつの世にも、口を閉ざし、身を縮める時代や、そこに拮抗する重要な大事となるのが、「言論表現の自由」のさけびであり行動であろう。七二年前の戦争の悲劇は、この言論表現が権力に弱体化され、その言論人（ジャーナリスト）たちが自らの筆（ペン）を迎合したからだ。むろんその中には生涯をかけて権力と闘った人たちもいたが。権力は報道を操作し国民の眼や耳や口、さらには思考までも停止。日本国憲法はその反省に立って恒久の平和を理想にした。憲法第九条「戦争の放棄・交戦権の否認」の実現を願い。

だから平和のためにさけべ　そ　し　て　守　れ
おお「日本国憲法」よ進め　国民主権の旗を揚げて
おお「日本国憲法」よ歩め　平和の理念の実現にだ
大きな基本的人権のための言論表現の自由を大事として
そして誰もが幸福になれる生存権を訴え大切にしよう
それゆえ日本国憲法に必然となす言論を語っておこう
「自由批評の精神亡び、阿諛（あゆ）の気風瀰漫（びまん）すれば、その
　国は倒れ、その社会は腐敗する。」
戦前戦中戦後の風雪を生きた言論人石橋湛山*の言説を

*戦後民主主義に通底する希有（けう）な言論人で、『石橋湛山全集』新装版・全一六巻がある。

往こうとする《足の眼》を大切に

〈二〇一八年五月一日（火曜・晴）、柳三「日記」㊳ノートより。〉

人は往こうとする
自己（おのれ）の足下をみつめ　そ　こ　に
自己の問う思考をうかべ
素直に内面をのぞいてみよう
そこにはまだ
消えうせぬわたしの未来現来は呼吸しているか！
それとも消えうせた風景となっているのか！
そ　れ　を　追　う　あの〔希望（ゆめ）〕のあつかった
燃えるがようなこころも　た　だ　の
虚妄と虚言でしかなかったのか
それその〔虚妄〕はさびしいか
あるいは〔虚妄〕はかなしいか
矜持する胸奥をながれている
吹く風の夢なのか
あの青春の悩み多く淡い情熱も散った

それが生きている一つの現実の往く足だろう
それが生きて往く明日への　不　安　の　足
足の進む一歩はわたしへの道か
希望へつづくか　そ　れ　と　も
砕かれる流離の風景か――
けれど生きるということは
理想だけではなく
現実的なものだ
〔理想〕はそこに幻想帰省する哀しい夢の足でもある
それでも自己（わたし）をふくめ
人という夢を喰う
《夢人間》でありたい
そう願う　そう願うが足の力は進まない
それでも　と　き　ど　き
往こうとする居場所への意欲がどこかにあるのだ
内面にうごめく
消しえぬ　消しきれぬ炎が
障子にゆらめくように足下をてらす
往こうと独り望んだポエジーへの歩みを

内在しかみしめ《足の眼》につたえよう
まだ内なる自己を鼓舞する〔感性〕に
呼応と呼吸の風景が流れている

往こうとするへばりつく《足の眼》を大切にしてだ

花たちの無礙の詩

花たちの笑みを咲かせ
到来する季節の空気を吸い
純真に　無心に　可憐に
それぞれの花顔を主張している
そこには群生をなして咲く小さな花たち
大輪をなして自己を誇示する花
さらには家の周りの垣根にからまり
愛くるしいラッパの花
皆んなわれいなりのポーズつくり
そのやさしさを語り
どの花たちも気風とうぬぼれの優雅を感応している

花たちは咲く
みずからのエリアを大事とばかり　抱　い　て
花びらや頭花の種子(たね)を散らし

また飛翔させるまで
おおその自信ある花スタイルの美をみせる
自然の大きな慈しみにかえり
内なる花芯の秘めたありようをみずからのものとして
その存在の位置を見せようと……

花たちはみずからの季節のいのちを知り
土におちて安心の花として散ることを
土にかえり　回　帰　し　て　く　る
再生の花いのちを願いながら
やがて到来する花の開かせる気候をまつ
（あるがままに）
（なされるままに）
抗うことなくまたわれいゝゝの立場を主張することであろう
そこにある花として蘇生する美念の讃歌として

（平成二十九年の四季花たちにほほえみを返して）

『とらえる』ことの人生

生きることは死ねないからだ。
死ねないとは、
まだ生かされているということか。
そうした〈生死〉のことを、
自（おの）ずから思ってみたりする。
考えたり悩んだりが、
生と死をふかく凝視し――。
おおその尊厳を大事の大悲に知るのであろう。
われら人びとは
そこに　ま　た
少なくとも　さ　ら　に
計らうようにして〔自ずから〕を感受して、
いゝ死ねない生存を自覚してゆくのか。
死の存在も、生の存在も、
個ゝとしての自ずからの感応のとらえ方にあるであろう。

『とらえる』ことの
人生という自顔のなかにである。

〈或る男の嘆きの「日記」より。平成三〇年五月〉

解説

《足の眼》の精神を創り出した人

石村柳三句集『雑草流句心』・詩集『足の眼』に寄せて

鈴木比佐雄

1

仏教哲学の詩人で石橋湛山研究家でもあった石村柳三氏は、二〇一八年九月一日に他界された。享年七十四だった。透析を二十年以上も続け、心臓の持病や癌になったこともあり、入院し手術することが数多く繰り返されていた。しかし退院すると何もなかったように穏やかな声で、電話がかかり「コールサック」（石炭袋）への寄稿原稿のことを話し始める、不死身の男のような精神性を持つ爽やかな人物だった。きっと法華経の精神が石村氏には宿っており、それに生かされているような思いがしてくるのだった。寄稿する詩や俳句の実作以外に、コールサック社から刊行される新刊の評論集などで感銘を受けたものの書評を進んで執筆してくれるのだった。石村氏が執筆したいと望むものは重厚で手強い内容が多く、私は有難くその意向を受け入れた。また時に原稿用紙で二十枚から三十枚くらいの石橋湛山論などの評論も書き上げると、掲載を希望され原稿を送ってこられた。評論はいつも書きたいテーマをいくつも抱えていて、衰えることのない筆力があった。亡くなる数か月前に電話があり、八年ぶりに詩集を出し、その後に評論集も刊行したいと話されていた。その声はいつもの通りで、今度も私と編集の打ち合わせを議論しながら進めたいと、私にまず編集案を提案するように望まれていた。しかしその後に体調が思わしくなく生前に刊行することが出来なかった。

この度、石村氏の一周忌の奥付で句集『雑草流句心』・詩集『足の眼』が共に収められた著作物が刊行された。これは生前本人が、詩集に関しては第三詩集『合掌』以降に発表していた雑誌の「コールサック」、「火映」、「いのちの籠」と各種アンソロジーに発表した詩篇をすべて収録するようにとの希望だった。また近年には力を入れていた俳句も句集にまとめたいとも語っていた。それらを一冊にまとめたものが今回の句集『雑草流句心』・詩集『足の眼』となった。

Iの句集『雑草流句心』は、四六八句が収録されている。これらの句は「コールサック」78号に発表された「桜を見つめての思念句」十句から始まっている。冒頭の句は「雨あがり夕日のひかり桜さし」で、水彩画のような一行詩を詠んでいる。「ひともまた桜のごとき美学もて」では自らを含めた人の存在に美学を課してしまう。また「足の眼の残像ふかく消えぬ影」は、その後の詩篇《足の眼》の連作と連動する試みだ。石村氏にとって俳句は、詩が理知的な傾向がある中で、自らの心情の奥底から湧き上がるものに忠実であろうとするかのようだ。ただ俳句と詩のテーマは通底していて、俳句を読むことは詩を深く読む手助けになるに違いないし、その逆もあり得るだろう。石村氏の句で心に残る私の十二句をあげておきたい。

ふる雪に有漏(うろ)のなみだを溶かしけり
野薊(のあざみ)や孤高のふかさ秘めて咲き
生も死もくらいを歩む人の音
むらさきの乳房(ちぶさ)ひかりて藤むすめ
生きるこそ生かされる身の心音か
足の眼の感性ふかきいのちかな
竹は竹おのれの命ふしに込め
千の手で肌を護るや阿修羅(あすら)の木

雨新ふる大地のよろこび潤して
阿修羅世に問うて祈るや賢治の眼
娘たちつよくやさしく命あれ
風にゆれなびく楊の根のつよさ

これらの句には青森出身の石村氏の言葉の「根のつよさ」を感じさせてくれる。そこには深い命への礼賛が響いていて、生を促す雨や風や光の自然の力が逞しく俳句に宿されている。石村氏にしか書けない無季であるが、五七五の俳句が迸るように立ち上がってくる。石村氏は詩と評論が中心であったが、晩年このように俳句が沸いてくるように詠み始めたことは、きっと入院生活も続いて、俳句は記憶しやすいし、小さなノートに書きやすかったこともあったかも知れない。

2

Ⅱの詩集『足の眼』には、一一五篇が四章に分けられて収録されている。一章「大根腕になろうとも」には四十二篇が収録されている。冒頭の詩「大根腕になろうとも――生命あればこその風光」を引用してみる

大根腕になろうとも――生命あればこその風光
還暦をすぎた数年の男が／どこか狂いだした四季の冬の暮れに／十二年ちかくつづけてきた人工透析の生活で／左の腕に入れた人工血管が寝ている間に破裂して／血だるまになった／血にそまり生温かく冷たくなってゆくパジャマ／その感触にわれを忘れてあわてふためき／声をあげて家内や娘にグラフトの腕を／万が一

に持っていた二本のゴムバンドで血止め／／早朝の寒さのなかピーポーを鳴らす救急車が到着／その音に「助かった」の安堵／ふるえる男には救急の音は天や神や仏のピーポー／冷たい腕にさわる三十分の車中に／「家内や娘がいなかったら死んでいたかも」／身のうごきのにぶい男は命の血止めをできたか／やっと透析する病院に入り　生存への感謝が湧く／その日の内に三回目の左腕の手術は約四時間／M先生の力で新しいグラフトを入れ手術成功／「M先生の笑顔にただ黙念の感謝」／手術した人工血管（グラフト）の腕は　数　日　し　て／大根役者ならぬ大根足のごとく／いないなそれ以上の大根腕の太さとなるであろう／傷だらけの跡をのこし／生命にかかわった戦歴のよろこびの灯明となり／生きているよりも　生かされてきた／人生へのよろこびとなって／これも全（すべ）て生（いのち）あるからだ　二倍の腕の大根でもだ／生かされている存在はそれほど重い／大根腕となっている悲しみはあるが／右腕は自在として使える　文字（ことば）も　書　け　る／「欲をいうな男よ　それでいい」／感情を吐きイノチあるだけでの呼応をしよう／そこにまた感性のうずく風光もうまれるものだ／切り刻んだ大根腕であろうと愛（いと）しさの風光をうけ　〈二〇一〇年十二月某日　千葉社会保険病院にて〉

二〇一〇年の暮れに退院後に書かれた詩がこの「大根腕になろうとも」だった。「十二年ちかくつづけてきた人工透析の生活で／左の腕に入れた人工血管（グラフト）が寝ている間に破裂して／血だるまになった」と、危惧していたことが起こってしまった。けれども妻や娘の協力で「万が一に持っていた二本のゴムバンドで血止め」して病院へ向かい、「その日の内に三回目の左腕の手術は約四時間／M先生の力で新しいグラフトを入れ手術成功」したのだった。そして「生きているよりも　生かされてきた／人生へのよろこびとなって／これも全（すべ）て生（いのち）あるからだ　二倍の腕の大根でもだ／生かされている存在はそれほど重い／大根腕となっている悲しみはあるが／右腕は自在として使える　文字（ことば）も　書　け　る／「欲をいうな男よ　それでいい」というような感動的な詩行が記されるのだ。自分の命が「生かされてきた」ことへの感謝として受け止めるようになった。左腕は「大根腕になろうとも」、幸いなことに「右腕は自在として使える　文字(ことば)も　書　け　る」と石村氏は、決して挫けない強靭な精神力の持ち主だとこの箇所を読めば理解できるだろう。生死をかけた場面であってもどこか表現者としてユーモアやエスプリを持って語っていくのだ。その後の八年間に書かれた詩一一五篇や四六八句もの作品群は、そんな「感性のうずく風光」や「愛(いと)しさの風光」を受け止めて書き記されてきたのだろう。次に詩「《足の眼》の風景」を引用したい。なぜかこの八年間の間に石村氏が最も数多く発してきた言葉がこの《足の眼》であることは間違いないだろう。

《足の眼》の風景
◎／《足の眼》はいつも生きている現在(いま)を問う／《足の眼》はつねに去った時(とき)の影を想う／《足の眼》は身の大事のごとく明日への夢を持つ／生きて往くための足の眼は／自らのおかれている立場の姿から／理想へのさけびをしているものだ／◎／足の眼で現実を歩いている人たちは／移りかわる風土(しぜん)の風雪や風光のなかにあっても／《足の眼》の経験をからめた自存としてやさしい／《足の眼》の温もりからつたわる思いやりがある／《足の眼》の対峙し対話する姿に幸福(しあわせ)を隠している／存在するわれらの人としてのくらいを必要として／◎／現世(このよ)の世相無情の風に吹かれながらも／ひきずるあるがままの今や切断できぬ吐息をつつみ／◎／内在に問う思念の人生のふかき眼よ／その離れぬ影のようなわれらの行動のうつつよ／そこにはわれらの人の世を呼応し／問い　視つめ　省察させ　歩　ま　さ　せ　よ　う／背負うべき　ぶらさげるべき／はからいというひとときの空間にあって／◎／人はその歩まねばならぬ本能の足に／大地を進む認識の厳しさと／せつないほどの泪の悲しさを精神の袋につめて／自らの生きねばならぬ運命の足の音として／その生かし

方と育て方の風景を抱いて／もがきつつも未来記の願いを踏みつつ／◎／《足の眼》は測り知れない運命のはからいに／生きねばならぬ自存のありようの足の眼をうむのだ／◎／足から把握される眼の開く人生風景の捉え方として／◎／足のつつんだ眼からの現実をうまんとする風景美に／◎／足の眼におのじとふかく彫るや影／／内の眼に足の夢をもからめつつ

（二〇一三年そろそろ梅雨明けそうな七月上旬稿なる）

一章の四十二篇の中に十一篇ほど《足の眼》が含まれるタイトルの詩がある。また詩集全体一一五篇の中で二十二篇もの詩のタイトルに《足の眼》が含まれる。この《足の眼》をどう解釈するかが、石村氏の詩篇を読み解く大きな課題になることは確かだろう。石村氏は両親の勧めもあり山梨県の身延山高校という法華経と日蓮聖人の教えに基づいた仏教高校に進み、大学も仏教系の立正大学に学んだ。日蓮宗の宗教系の新聞記者もしていたこともあり、仏教思想の専門家でもあったが、石橋湛山やニーチェなど徹底して思索して実践した思想哲学者を評価して愛読していた。《足の眼》という語感は常識を覆す発想があり、足には眼のような働きがあるのではないかと石村氏は感じていて、自らの足元を支える働きは人間を支える最も重要なものだと考えている。その脳から発した眼と足の働きは「現在（いま）を問う」こと、「去った時（とき）の影を想う」こと、そして「明日への夢を持つ」という現在・過去・未来の時間を一挙に透視するような根源的な時間を問い感ずることであり、その作業を足で歩きながら現場を通して感受することの大切さを伝えているのだろう。それゆえに「生きて往くための足の眼は／自らのおかれている立場の姿から／理想へのさけびをしているものだ」という。石村氏は生きている現場の足と眼の働きは直結していると認識し、そんな《足の眼》という高感度で高機能の働きを課して、現在・過去・未来を透視して、「未来記の願い」や「測り知れない運命のはからい」を目指していこうと語っている。つまり今ここに生きる存在が自らの足元に眼差しを持ち、未来を切り拓いて行こうする、石村氏の思想・

哲学的な思いを込めた言葉であるのだ。「《足の眼》の風景」とは、この《足の眼》による一連の根源的な時間を問うて見えてくる「人生風景」を一挙に透視してしまう流れなのかも知れない。最後の俳句「内の眼に足の夢をもからめつつ」には、《足の眼》が「内の眼」に「足の夢」を引き寄せて、それらが相関関係になっていると語っているようだ。石村氏の詩と俳句はこのように自らの思想・哲学のイメージを豊かに展開しているものだと言えるだろう。

《足の眼》を理解する上で次に引用する詩「自らの眼を誇れ」も重要であり引用したい。

自らの眼を誇れ

人として世間や自然のはなつ醜さや美しさを／感受できる／自らの《眼》を持つということは當身（とうしん）の大事（だいじ）だ／そうして　そ　こ　に／その人としての眼を胸臆において作用することは／ほんとうに美しくて／まぶしい尊さである／『眼蔵』*という視線のとらえかた／大きく底のふかい精神の眼と内在の眼よ／転化させる思念のありようの《眼》の矜持の方法／その生かす真実の眼にこそ／億万の実相を把握しようとし批評する声があろう／現実や未来記をかたる人たちは／とくに億万の実相をみつめ／呼応する思念を散華しなければならないであろう／生きて生かされる／静かな安らぎの創造にあって

*鎌倉時代の改革僧の一人、道元の『正法眼蔵』の言説（ごんぜつ）する真実の眼。仏典の精神の蔵（くら）、心の蔵の大いなる教え。そのような鋭敏な眼を持てという意味においてである。

〈平成二十六（二〇一四）年一月中旬の寒波の日なる〉

この「自らの眼を誇れ」ということが《足の眼》を持って今ここから未来に歩んで行ってほしいという願い

が込められているのだろう。「自らの《眼》を持つということは當身の大事だ」の「當身の大事」とは信念や志を持った「自分自身の大事」のことであり、それを真摯に見つめていくことが最も大事なことだと告げられている。三章の詩「當身の大事」では宮沢賢治の言葉〈求道すでに道である〉を引用してその賢治の言葉から「當身」の意味を掘り下げている。また「道元の『正法眼蔵』の言説する真実の眼」に基づき、《足の眼》はそれを現実に生かすための実践的な精神において、最も必要な言葉ではないかと石村氏は、構想していてそのことを伝えようと試みていたように考えられる。

3

二章「いのちの風光」二十八篇は、石村氏の自然観が思想となって紡ぎ出されている。その中から「わたしの命は」を引用する。この詩は素直に石村氏が語られているが、その内容を読み継いでいくと「わたしの命」への問いがだんだん深まっていく。

わたしの命は

「わたしの命はわたしのもの」／その哀苦は／だからわたしだけのもの／そうつっぱね／自らの殻に閉じ込めてしまう　お ま え よ／狭い眼のよじれて細くなってしまった神経／血圧があがり命をちぢめる自己密閉ばかりの／嘆きを吐くな／おまえのことは口にはださないが／こころの底で心配しているのは／女房や娘たちであり　親や兄弟の身内のあたたかさだ／それに心情ふかき友人の心配もある／「わたしの命はわたしのもの」だと／すねたような眼だけで悩む　お ま え よ／命をそうかんたんにかたづけるな／命は自分のものであろうと／他人のものであろうと／そのもつ価値は地球よりも重いといった宰相がいたが／そうだ

と想う／縁（えん）がありうまれた命は海よりふかく山河よりも厚いのだ／不思議な因果につつまれた業（カルマ）ともいえよう／また現実に吹く無常の風による／時のながれのくらいにつつまれているものでもあろうから／「くらい＝位」とは永遠のごとき時の流れのひとときだ／いずれ人は死ぬ　必ず死ぬ／財産や名誉や地位に関係なくひとときのくらいに逝く／無へのくらいの回帰は必定のやすらぎ／そういう人というものの命は／この現実の世相の喜怒哀楽につながる血脈の自然の命脈／だから／わたしという　お　ま　え　よ／哀苦の「自己密閉」にいそぐことなかれ／孤独な眼を大事にしつつ病院の窓からみつめた／杉の木や竹林の風にゆれる姿を／あるがままの自然命のひとときのひとつの姿として思念／ゆれるしなやかさの風光をあたえてくれるやさしさとして／そこに知ろう　わたしの命はひとときの位（くらい）にあることを

〈二〇一二年冬　心臓バイパス手術のため千葉市某メディカルセンターにて〉

石村氏は「わたしの命」は誰のものであるかと問うている。初めは「わたしのもの」と自分にこだわり続けるが、妻や娘や兄弟などの身内、友人たちのあたたかさを感じて、いつしか「命をそうかんたんにかたづけるな／命は自分のものであろうと／他人のものであろうと／そのもつ価値は地球よりも重いといった宰相がいたが／そうだと想う／縁（えん）がありうまれた命は海よりふかく山河よりも厚いのだ」と思い始める。そして「命」が「時のながれのくらいにつつまれているもの」であり、〈「くらい＝位」とは永遠のごとき時の流れのひととき〉であると言った、永遠の相の眼差しで「命」を考え始めるのだ。ついには「わたしという　お　ま　え　よ」というように、私という存在には、実は連綿と続く他者である多くの「命」が宿っているのだと発見してしまうのだ。その果てに「わたしの命はひとときの位（くらい）にあること」なのだと感受するようになる。このような境地に石村氏が至ったことがこの詩に刻まれていることは、「命」を突き詰めていった極限の思索的な詩として、読むものに語りかけてくれている。人は有限の命であるが、その「命」が途絶えることなくつながっていく奇跡を感じて、石村氏は永遠の相の下で生かされていたのだと思われる。
最後に四章「心のレンズ」から「《足の眼》考」を引用する。

《足の眼》考
○／人の生き方というか　人生の行路というものは　その人の生き方の行動にあって運命のありようを背負っているものだと思う。それをもっと身近なものとしてかたればその人の歩む足跡を推察することにもつながる。人生の封印や刻印のような足跡はまた明日への跫音（きょうおん）につながる。ぶらさがる生への明滅の灯（ひ）となりつつ。背に負う歩みの行路の刻印には　その人の胸臆に思念された内在への眼の存在があるであろう。内在された眼には三つほどのするどい眼がある。その一つは《頭（のう）の眼》だ。その二つは《意（こころ）の眼》だ。その三つは《足の眼》だ。當身の力だ。
○／そうこれら三つの内在された認識を線輪（コイル）した眼にこそ　人の存在者としての心の音となって　その人の往くべき運命の径へとつながってゆく。さればこそその人の三つの眼のなかで　独自の舞う個を孤としてふかめさせられてゆくのが　《足の眼》の思念でもあり認識なのだ。そこに絶縁されず業（カルマ）のごとくつたわってくる思念の捉え方の感性と呼応の大事さよ。なぜならば足の眼は頭の眼や意の眼とはちがう万の無明や　森羅万象の磁場におよぶ感応。歩みの感触というか　受信する信号の生と死をつつんだ明滅。歩むことへの痕跡の音をひきずっているゆえに。
○／それを自存への経験というか。それを現実への実践というか。それを直感の足の把握というか。自存することの経験ないしは体験をとおして　足からの問う身の思索へとながれる眼となるからだ。《足の眼》はそこに計らいを知るからだ。もっとも必要な存在する自らの明眼の予感へと。人生という方向盤への業のさけびを首にまきつけた此の世の散華へ。そうした認識と思索としての足の眼の在り方の旅路。頭の眼につきささり　その自存の魂の声となり　その人の宿命となる幻夢をみつめほほえむであろう。転化する足の眼精神。そこに生まれる人生行路に。

○／――運命とか　業とか　宿命とかいう言葉に立って歩む人生。そこにうずく《足の眼》の転化の慈しむ思念よ。人の生き様という不可思議をつらねて　命終の音をならしているわれらの到来の未来記。生きたいと願う真味の血を真実とするためにも……。

○／足の眼におのれの意思や生きており　（石芯）

（平成二十五年三月二十六日（火）住居近くの某外語大学の満開の桜をみつつ稿なす）

この詩には、石村氏が《足の眼》を自らの思想・哲学の中でどのように位置づけていたかの思考の痕跡が記されている。例えば「内在された眼には三つほどのするどい眼がある。その一つは《頭の眼》だ。その二つは《意の眼》だ。その三つは《足の眼》だ。當身の力だ。」と語られている。石村氏の独創的なところは、人は三つの眼を持っていて、それらは複雑に線輪されながら、複眼として成立するのだと指摘している。しかしその中でも「独自の舞う個を孤としてふかめさせられてゆくのが　《足の眼》の思念でもあり認識なのだ。」と考えていく。それは「自存することとの経験ないしは体験をとおして　足からの問う身の思索へとながれる眼となるからだ。」と、《足の眼》が具体的に生きる意志を掻き立てる精神性として確信をもって語られている。石村氏はなぜこのような思想哲学ともいえる《足の眼》の精神を詩に残すことができたのか。石村氏は誰よりも謙虚で生きる真摯さが一貫していた。石橋湛山の自由・平和思想、法華経などの仏教思想、ニーチェなどの西欧思想などを徹底して読み、詩作や評論に生かそうと試みていた。さらにそのことは精神と身体の相関関係から生み出されたメルロ＝ポンティの考え方とも重なるように思われる。つまり身体と精神をつなぐものとして生命を重要なものと位置付けて、「身体が考える」とも言われていた。つまりそれは石村氏の《足の眼》とも重なってくると言えるだろう。石村氏はまた「命」を通して両者を繋げて考えていくことを試みていた。「足」という身体と「眼」という主観の精神性を合体させた石村氏は、《足の眼》という心身の本来的な在りかを考え続けていたのだ。そんな石村氏だから第一詩論集『雨新者の詩想』の帰結としてこのような優れた俳句と詩篇が残されたのだろう。そんな最期の八年間の結晶を多くの人びとに読んでほしいと願っている。

謝辞にかえて

在りし日の主人を想う

酷暑続きの八月も去り、九月の声を聞く間もなく主人は私達家族の前から一人静かに旅立って行きました。二十年以上にわたる人工透析といくつかの病に臆することなく向き合い闘いながら、詩文学にそして石橋湛山研究にエネルギーを注いできた生涯であったと思います。

主人は、日蓮宗総本山である身延山久遠寺がある山梨県身延町・身延山高等学校に学んでいた頃、主人の父親が他界したのを機に、学校の寮を出て波木井山圓實寺に寄宿し、三十四世岩田日成上人の教えを受けてお世話になっておりました。立正大学に進んで東京に居を移してからも度々波木井山圓實寺を訪れており、私も何度か一緒に身延町を訪れておりました。

まだ元気な頃でしょうか、アウトドア派でない主人と昇仙峡をハイキングし仙蛾滝を散策した事もあり、後々になっても〝あの時はきつかった――〟と……。主人にとっては「影絵の森美術館」の影絵作家・藤城清治の色彩豊かな世界、そして、甲府市内の県立美術館、県立文学館の見学に興味があり楽しんでいたようでした。

主人の命日は、主人よりずっと若くして他界した父親の命日と同じ日。週三回の人工透析を受け続け、津軽に帰省することもままならなかった主人は、母親の旅立ちを見送る事も叶えられずただ〳〵悔やまれます。晩年は近くに住む三人の孫達の成長を常に気にかけ、会える事を何よりも楽しみに毎日を過ごしておりました。

主人はしばらくの期間詩集を出版しておりませんでした。二〇一八年に評論集『石橋湛山の慈悲精神と世界平和』を上梓してからはこつこつと活字にしてきた詩や俳句を一書にまとめることを考えておりましたが、鈴木比佐雄氏のお力添えを頂きながらここにその想いを形あるものにする事ができました。この一書を編集し解説文を執筆してくださったコールサック社代表の鈴木比佐雄氏、表紙カバーの写真を使用させて頂きました猪又かじ子氏、装幀の奥川はるみ氏、そして編集部の皆様には大変お世話になりました。本当にありがとうございました。

生前の故人への厚い御厚情を深く感謝申し上げます。

二〇一九年七月

石村知子

初出一覧

Ⅰ　句集　雑草流句心

桜を見つめての思念句	「コールサック」78号	2014年
〈雑句〉秋を吐く	「コールサック」81号	2015年
「秋分の風」　五十句	未発表	
雑草流句心	「コールサック」82号	2015年
雑草流句心――命をさけべ	「コールサック」83号	2015年
雑草流句心（二）	「コールサック」84号	2015年
雑草流句心（三）	「コールサック」85号	2016年
雑草流句心（四）	「コールサック」86号	2016年
雑草流句心（五）	「コールサック」87号	2016年
雑草流句心（六）	「コールサック」88号	2016年
雑草流句心（七）	「コールサック」89号	2017年
雑草流句心（八）	「コールサック」90号	2017年
雑草流句心（九）	「コールサック」91号	2017年
雑草流句心（十）	「コールサック」92号	2017年
雑草流句心（十一）	「コールサック」93号	2018年
雑草流句心（十二）	「コールサック」94号	2018年
雑草流句心（十三）	「コールサック」95号	2018年
雑草流句心（十四）	「コールサック」97号	2019年
雑草流句心（十五）	「コールサック」97号	2019年
雑草流句心（十六）	「コールサック」97号	2019年
雑草流句心（十七）	「コールサック」97号	2019年

Ⅱ　詩集　足の眼

1　大根腕になろうとも

大根腕になろうとも	「コールサック」71号	2012年
かたつむりのごとき生存	「コールサック」73号	2013年
《死》への歌	「コールサック」74号	2013年
業火ゆえに	「コールサック」75号	2013年
《足の眼》の風景	「コールサック」76号	2013年
《足の眼》の怒り〈わが計らいを知るためにも……〉	「コールサック」77号	2014年
《足の眼》の悦び	「コールサック」77号	2014年
《足の眼》の問い	「コールサック」78号	2014年
続《足の眼》の問い	「コールサック」81号	2015年
自らの眼を誇れ	「コールサック」78号	2014年

《足の眼》の刻む生	「コールサック」79号	2014年
《足の眼》の風光	「コールサック」79号	2014年
トランペットを吹きたい	「コールサック」79号	2014年
《足の眼》の毒舌	「コールサック」80号	2014年
毒舌精神の詩	「コールサック」80号	2014年
人生の渡海	「コールサック」81号	2015年
心の音のうずき〈感性の重大さとして〉	「コールサック」82号	2015年
無題①	「コールサック」82号	2015年
無題②	「コールサック」82号	2015年
精神の自在性	「コールサック」82号	2015年
秋のひととき	「コールサック」82号	2015年
人間の根	「コールサック」83号	2015年
根とは個の種子	「コールサック」83号	2015年
自在の根	「コールサック」83号	2015年
死の音	「コールサック」84号	2015年
《足の眼》の暗示	「コールサック」84号	2015年
命終の旅人	「コールサック」85号	2016年
誓願の詩	『日本現代詩選第37集』	2015年
続誓願の詩	「コールサック」86号	2016年
《石》のように座する立場	「コールサック」87号	2016年
生きる	「コールサック」88号	2016年
雨心情	「コールサック」90号	2017年
《足の眼》の讃歌	「コールサック」91号	2017年
自然に染まろう	「コールサック」91号	2017年
《足の眼》の夢	「コールサック」92号	2017年
連結詩〔風景から風光への心鏡の尊さ〕その㈠	「コールサック」93号	2018年
連結詩〔風景から風光への心鏡の尊さ〕その㈡	「コールサック」94号	2018年
連結詩〔風景から風光への心鏡の尊さ〕その㈢	「コールサック」95号	2018年
連結詩〔風景から風光への心鏡の尊さ〕その㈣	「コールサック」97号	2019年
小さな雑草花との遊戯	「コールサック」94号	2018年
念念の夢を往け	「コールサック」95号	2018年
念に咲くさくら	「コールサック」97号	2019年

2　いのちの風光

いのちの風光	「いのちの籠」20号	2012年
亡霊原発	「いのちの籠」21号	2012年
わたしの命は	「いのちの籠」22号	2012年

立葵の花心	「いのちの籠」23号	２０１３年
《足の眼》の憂鬱	「いのちの籠」25号	２０１３年
《足の眼》の痛み	「いのちの籠」26号	２０１４年
《足の眼》の風雪	「いのちの籠」27号	２０１４年
《足の眼》で踏む感性	「いのちの籠」28号	２０１４年
万華鏡	「いのちの籠」29号	２０１５年
感性の美しい波	「いのちの籠」29号	２０１５年
感性のレンズ	「いのちの籠」30号	２０１５年
竹林のささやき	「いのちの籠」31号	２０１５年
竹の節	「いのちの籠」31号	２０１５年
人生の音	「いのちの籠」32号	２０１６年
真味の花	「いのちの籠」33号	２０１６年
続真味の花	「コールサック」89号	２０１７年
続続真味の花	「コールサック」90号	２０１７年
今、刑務所は老人ホームなのです	「いのちの籠」34号	２０１６年
心という器の舟	「いのちの籠」35号	２０１７年
安穏な風景論	「いのちの籠」36号	２０１７年
格差社会の海	「いのちの籠」36号	２０１７年
風色はどこへ	「いのちの籠」37号	２０１７年
小さいが広く深く	「いのちの籠」38号	２０１８年
続　小さいが広く深く	「いのちの籠」38号	２０１８年
死の顔づくり	「いのちの籠」39号	２０１８年
続　死の顔づくり	「いのちの籠」39号	２０１８年
続続　死の顔づくり	「いのちの籠」40号	２０１８年
やすらぎの夕映えに	「いのちの籠」40号	２０１８年

３　當身の大事

不可思議	「火映」第13号	２０１２年
時の耳と問い	「火映」第14号	２０１２年
気魄	「火映」第15号	２０１３年
野薊の姿勢	「火映」第16号	２０１３年
人生のレンズ	「火映」第17号	２０１４年
《足の眼》の哲学	「火映」第18号	２０１４年
ほくほく感性の味覚《足の眼》の哲学	「火映」第19号	２０１５年
竹の子ニョキニョキ元気な《滋味菩薩》たちよ	「火映」第20号	２０１５年
さるすべりの樹	「火映」第21号	２０１６年
當身の大事	「火映」第22号	２０１６年
続當身の大事	「火映」第23号	２０１７年

続続當身の大事　「火映」第24号　2017年
風鈴の寂しい悲劇の音よ　「火映」第25号　2018年
君たちよ、一歩を踏み出せ！　「火映」第26号　2019年

4　心のレンズ

わたしの夢飛行　『現代生活語詩集2012 空と海と大地と』　2012年
杉のゆれている姿　『詩と思想詩人集2012』　2012年
《足の眼》考　『詩と思想詩人集2013』　2013年
《足の眼》再考　「いのちの籠」24号　2013年
生命の粘液　『詩と思想詩人集2014』　2014年
《足の眼》の発見　『詩と思想詩人集2015』　2015年
相逢を大切にしよう　『詩と思想詩人集2016』　2016年
志念堅固の詩　『詩と思想詩人集2017』　2017年
今は鳴る太鼓を耳に　『詩と思想詩人集2018』　2018年
旭ヶ森に立つ日蓮　『千葉県詩集第45集』　2012年
ひとりの問う思念者たれ　『千葉県詩集第46集』　2013年
生命と感性　『千葉県詩集第47集』　2014年
虫さんたちの自然鳴の尊さ　『千葉県詩集第48集』　2015年
甘露のこころ　『千葉県詩集第49集』　2016年
壮麗なる聖教殿は座す　『千葉県詩集第50集』　2017年
歩め、歩め、俺は風景の旅人　『千葉県詩集第51集』　2018年
蟬の響命　『日本現代詩選第36集』　2013年
《末期の眼》はどこへ　『日本現代詩選第38集』　2017年
心のレンズ　『アンソロジー風Ⅺ』　2014年
亡霊をうんだ福島原発　『脱原発・自然エネルギー218人詩集』　2012年
慈しむ水の讃歌　『水・空気・食物300人詩集』　2014年
《足の眼》の浄土　『生きぬくための詩68人集』　2014年
命あってこそ　『生きぬくための詩68人集』　2014年
自死者への悲しみの詩　『生きぬくための詩68人集』　2014年
人間の理性の根　『平和をとわに心に刻む三〇五人詩集』　2015年
《戦争の愚》を認識しよう　『戦争を拒む』　2016年
物言えぬ暗黒の道を再び歩むな　『非戦を貫く三〇〇人詩集』　2016年
国民主権と言論表現の自由の大事　『日本国憲法の理念を語り継ぐ詩歌集』　2017年
往こうとする《足の眼》を大切に　未発表
花たちの無礙の詩　未発表
《とらえる》ことの人生　未発表

石村柳三（いしむら　りゅうぞう）略歴

1944年　青森県北津軽に生まれる。
1967年　立正大学文学部史学科卒業。
2004年　『石橋湛山―信念を背負った言説』（高文堂出版社）刊行。本書は《日本図書館協会選定図書》となる。
2005年　11月8日、「平成十七年度　身延山大学公開講演会」から講演を依頼され、「自由主義者　石橋湛山」を語る。
2007年　詩論集『雨新者の詩想』（コールサック社）を刊行。第8回「日本詩人クラブ詩界賞」の候補になる。
　　　　詩集『晩秋雨』（コールサック社）刊行。
2010年　詩集『夢幻空華』（コールサック社）刊行。
2011年　詩集『合掌』（コールサック社）刊行。
　　　　詩論集『時の耳と愛語の詩想』（コールサック社）を刊行。
2013年　第2回石橋湛山平和賞・優秀賞受賞（山梨平和ミュージアム主催）。
2018年　評論集『石橋湛山の慈悲精神と世界平和』（コールサック社）刊行。
　　　　9月1日、病のため逝去。

その他アンソロジー詩集にも数多く作品を寄稿。文芸誌「コールサック（石炭袋）」、「佐久文学　火映」、詩誌「いのちの籠（かご）」などを主体に詩・評論・エッセイ・俳句・短歌等を発表。また、石橋湛山をライフワーク的なものとして研究。
日本現代詩人会、日本詩人クラブ、千葉県詩人クラブ、石橋湛山研究学会各会員。

【編集付記】

一、本書は文芸誌「コールサック」（石炭袋）、「佐久文学　火映」、詩誌「いのちの籠（かご）」、その他アンソロジー詩集・詩歌集に発表された作品、及び未発表の草稿を収録、編集しました。

二、原文に見られる明らかな誤字・脱字を修正し、難読と思われる漢字にルビを付しました。

句集　雑草流句心・詩集　足の眼

2019年9月1日初版発行

著者　石村柳三　（著作権継承者　石村知子）
編集・発行者　鈴木比佐雄
発行所　株式会社　コールサック社
〒173-0004　東京都板橋区板橋2-63-4-509
電話 03-5944-3258　FAX 03-5944-3238
suzuki@coal-sack.com　http://www.coal-sack.com
コールサック 企画・編集室209
郵便振替　00180-4-741802

印刷管理　（株）コールサック社　製作部

＊装幀　奥川はるみ　＊カバー写真　猪又かじ子

落丁本・乱丁本はお取り替えいたします。
ISBN978-4-86435-407-3　C1092　￥2000E